PIER ANTONIO QUARANTOTTI GAMBINI

PREMIÈRES ARMES

Traduit de l'italien
par Muriel Morelli

ANACHARSIS

CENTRO
PER IL LIBRO
E LA LETTURA

Ouvrage traduit avec l'aide du Centre pour le livre et la lecture du ministère italien de la Culture (Cepell).

Ouvrage publié avec le soutien de la région Occitanie Pyrénées-Méditerranée

Titre original : *Amor militare*

Illustration de couverture : Itanistock / Stockimo / Alamy

ISBN : 979-10-279-0460-0

Diffusion-distribution : Harmonia Mundi Livre

43, rue de Bayard
31000 Toulouse
www.editions-anacharsis.com

I

Peu après le débarquement, quand les troupes circulaient aussi par voie terrestre et que partout fourmillaient des soldats en camion ou à bicyclette, les Italiens occupèrent les habitations de Semedella ; pas la grande maison, mais presque toutes celles autour.

Pour Paolo, et pour tous les gamins, ce fut une fête.

Les Italiens parlaient comme eux, mais mieux et plus vite, pas slave ou allemand, ou d'autres sortes de langues, comme les Autrichiens. Et tous étaient ou avaient l'air jeunes, et joyeux ; avec eux – même s'ils ne ressemblaient pas à Hans, le plus gentil des soldats autrichiens que Paolo eût connu – on pouvait bavarder et plaisanter, comme avec des camarades un peu plus grands.

Le plus surprenant, à les regarder, c'était leur pèlerine : une sorte de couverture qui remplaçait le manteau, posée sur leurs épaules tels les châles des femmes. Ces pèlerines étaient amples et faites d'une drôle de façon : quand un soldat s'amusait à étendre la sienne au sol, elle formait un grand cercle. Les Italiens, paraît-il, les aimaient beaucoup. Pourtant, quand soufflait la *bora*[1], elles ne les protégeaient en rien, et c'est en vain qu'ils les enroulaient – d'un curieux coup de bras qui sous l'habit ne se voyait pas – autour de leur visage et de leur bouche.

1. Vent de nord-est très violent qui souffle principalement sur la mer Adriatique, jusqu'en Turquie, en passant par la Grèce et la mer Noire. Ses épisodes ne durent pas plus d'un ou deux jours, mais en hiver ses rafales peuvent atteindre 180 km/h dans le golfe de Trieste. *(NdT)*

Avec la *bora*, les pèlerines se soulevaient comme les jupes des filles et finissaient presque toujours par recouvrir le visage des soldats, qui titubaient, aveuglés, comme s'ils avaient un sac sur la tête.

À Semedella, le premier bâtiment occupé fut la bicoque du *guzzo*[1]. On y vit s'installer quelques pelotons d'infanterie, puis des chauffeurs, qui portaient sur la manche une petite automobile brodée de noir, et enfin une unité du génie télégraphique, qui n'en bougea plus.

Immédiatement après la bicoque, la grande villa sur la grande allée ainsi que la bâtisse voisine furent occupées par un atelier de couture militaire. Enfin, au printemps, un autre groupe de chauffeurs s'établit, à la grande joie de Paolo, dans la remise à calèches tout près de la maison familiale. Ils n'étaient pas nombreux et, l'un ou l'autre étant absent, on n'en voyait jamais plus de trois ou quatre. Ils installèrent leurs grabats dans la remise, où ils passaient aussi la journée, au frais ; leurs camions ils les laissaient dehors, sous la grande pergola.

Mais tous ne dormaient pas dans la remise, emplie d'odeurs de carbure, de cuir et de sueur, et d'un autre relent, aigrelet. Quand les nuits commencèrent à se réchauffer, le soir venu, certains préféraient s'étendre sur les camions, où ils finissaient par s'endormir.

« Dormir au grand air, grommela un matin un soldat blondasse à la voix rauque et au visage comme gonflé qui faisait partie des télégraphistes (des étincelles étaient brodées en zigzag sur sa manche), ça vous ravigote, nom d'un chien ! et ça fait la femme plus femelle et l'homme plus mâle.

– Tais-toi, Crippa ! s'exclama sans daigner le regarder un homme au visage fin et au nez crochu, qui d'ordinaire ne parlait pas ; il secoua le matelas qu'il avait sorti du camion, puis l'étendit au soleil. Moi, je suis mâle et je

1. Petit bateau de pêche sans pont, typique de l'Istrie. *(NdT)*

le reste, même si on m'enferme toute une nuit dans un bidon, mais dormir au grand air... Tu sais ce que ça fait ? Ça fabrique des idées et ça vous lave de tout.

– Ça fait la femme plus femelle et l'homme plus mâle ! » répliqua le soldat Crippa de sa voix rauque avant de s'éloigner en balançant sa grosse tête.

La plupart du temps, ils étaient deux à dormir sur les camions : le type au nez crochu, qui portait des bandes molletières kaki, et un autre, plus petit, sans doute son aide de camp.

Pour se faire obéir, le type au nez crochu n'avait pas même besoin d'un regard. « Piveroni, l'entendait-on crier, fais ceci et fais cela ! Piveroni, dépêche-toi ! » Et l'autre galopait, s'exécutait.

Un jour qu'on l'avait chargé d'aller demander un peu d'essence au sergent, Paolo partit directement en quête du type au nez crochu. Il ne le trouva pas, Piveroni non plus.

« Tu cherches celui qui a un nez de curé ? lui demanda un homme qui traînait en slip dans la remise. Tu parles d'un sergent ! C'est Frangisacchi, un soldat comme moi, et c'est le roi des imbéciles, même s'il plaît aux *mule*, aux filles. Viens, je vais t'en donner, moi, de l'essence. »

Paolo fut très déçu d'apprendre que Frangisacchi était un soldat comme les autres. Quand à la maison on lui avait dit « Va demander au sergent », il avait immédiatement pensé à lui.

Or Frangisacchi, malgré sa veste ajustée et sa belle montre, n'était rien. Un simple soldat. Mais c'était qui, le sergent, alors ? Il apprit, et en éprouva une certaine satisfaction, qu'ici, dans ce peloton qui avait la pergola pour remise à véhicules, il n'y avait aucun sergent et pas l'ombre d'un caporal. C'étaient tous de simples soldats ; un petit peloton que personne ne commandait, sans que l'on sût comment cela avait pu se produire.

Frangisacchi portait la raie sur le côté. Le moment clé du matin, c'était quand après s'être rasé devant un petit miroir accroché au tronc de la glycine, il tirait de son pantalon un peigne, l'essuyait sur sa serviette, soufflait dessus, puis commençait à se coiffer en répartissant de chaque côté de la raie ses cheveux lisses et mouillés. Vêtu seulement d'un pantalon et d'une paire de vieux souliers, la serviette placée en collier sur ses épaules un peu rouges, il restait jambes écartées devant la glycine à se regarder dans la glace, agitant les mains dans ses cheveux avec des gestes amples et légers. Il sifflotait toujours, mais dans ces moments-là il était silencieux. Il ne reprenait qu'une fois sa coiffure achevée et son sifflement, alors, avait quelque chose de spécial, entre la joie et la suffisance.

Il va siffler, se disait Paolo à l'instant où Frangisacchi posait son peigne pour se tapoter le crâne et lisser quelques mèches entre ses doigts. Il a fini, il va siffler.

Cela ne se passait pas toujours ainsi. Un jour qu'il venait de se tapoter la tête, Frangisacchi se mit à décoiffer et à ébouriffer ses cheveux, furieusement. « Aaarrrh ! » avait-il hurlé en frappant des pieds. Paolo, qui l'observait depuis la terrasse devant la maison, s'était retiré derrière le tronc d'un des acacias ; il l'entendit encore crier : « Pute vierge de caporal ! » Paolo regarda alentour et se signa, comme s'il avait honte et peur pour lui ; il n'y avait personne. Puis il le vit recommencer : se peigner, redessiner sa raie – non pas avec sa lenteur habituelle, mais plutôt vite, et maladroitement.

Il rangea bientôt le peigne dans sa poche ; ce jour-là, il ne siffla pas. Tandis qu'il allait et venait entre le capot du camion (où il réparait quelque chose avec l'aide de Piveroni, dos courbé, en sueur) et la remise (d'où il revenait à chaque fois avec un nouvel outil), il ne manquait pas de se regarder à la dérobée, l'air sombre, dans les vitres de la remise et le miroir resté accroché à la glycine.

Mais d'ordinaire il était content de lui. Il replaçait soigneusement le peigne dans la poche postérieure de son pantalon, après l'avoir essuyé sur sa serviette et avoir soufflé dessus ; puis il détachait le miroir du tronc, y soufflait aussi (il arrivait qu'un camion, en entrant ou sortant, soulevât un nuage de poussière) et le glissait dans un étui, une sorte de petit sac de toile qu'il allait ranger, ou cacher comme disaient les autres, dans son camion.

Ensuite il finissait de s'habiller : d'abord les bottes, basses et légères, de civil, mais pleines de craquelures, d'autant plus visibles qu'il prenait soin de nettoyer et de lustrer le cuir ; puis les molletières kaki (« Il les a piquées à un Anglais », disait-on), qui tant sur l'uniforme gris-vert que sur la version estivale en toile gris pâle faisaient une drôle d'impression ; enfin la veste, qu'il portait sans chemise ni autre, seulement avec un bandage autour du cou.

Cette bande, toujours très blanche (c'était Piveroni qui la nettoyait), était incroyablement large, parce que Frangisacchi avait aussi un long cou, et qu'il se l'enroulait jusqu'aux mâchoires ; cela produisait un tel effet, qu'avec les molletières kaki et le nez crochu, c'était la première chose que l'on remarquait chez lui.

Il avait les jambes un peu arquées, et ses molletières kaki, qui tranchaient sur le reste de l'uniforme, faisaient ressortir ce défaut. « Demandez à Frangisacchi de se mettre au garde-à-vous et placez un bidon derrière lui : on voit toujours le bidon, comme dans un cadre ovale », disait un soldat que tous surnommaient « le peintre ».

Il y avait chez Frangisacchi, à faire ainsi ressortir ses jambes tordues, une sorte d'arrogance ; si Paolo avait eu dix ans de plus, il aurait peut-être compris que cette arrogance contribuait justement à atténuer ce défaut aux yeux d'autrui.

De fait, elle ne paraissait pas si railleuse, la phrase qu'un chauffeur napolitain, Anielluccio, répétait l'air de rien :

« De nous tous, le plus beau gosse c'est Frangisacchi, avec ses jolies jambes. »

Tous les matins avant de se raser et de se coiffer, Frangisacchi faisait ses ablutions, ou « bain sec » comme il l'appelait, passant une éponge d'abord sur son dos, puis sur ses jambes. Mais il ne descendait jamais jusqu'au puits ; l'eau, c'était Piveroni qui la lui apportait devant la remise, dans deux bidons d'essence coupés où il avait enfilé, en guise de poignées, deux gros fils de fer.

« La propreté, assénait Frangisacchi, c'est la première vertu de l'homme. » Et cette phrase, que Paolo avait répétée à la maison, avait suffi à lui attirer d'emblée la sympathie de la grand-mère, qui par ailleurs le connaissait mal et continuait à le confondre avec Piveroni. (L'aïeule ignorait encore ce qu'avait répondu Frangisacchi quand on lui avait demandé quelle était la première vertu de la femme.)

Naturellement, qu'il soit si propre plaisait aussi beaucoup à Paolo, bien qu'il ne comprît pas vraiment pourquoi Frangisacchi n'allait jamais se baigner dans la mer. Après avoir assisté à plusieurs de ces bains secs, Paolo commença à ressasser la première phrase qu'il l'avait entendu dire : « Dormir au grand air, ça fabrique des idées et ça vous lave de tout. » Il lui avait trouvé une explication, en partie : laver, il comprenait ; mais quelles idées pouvait *fabriquer* le sommeil au grand air ? Plus il y songeait, plus il était impatient de dormir dehors lui aussi.

« Essaie de demander à Frangisacchi, lui dit un jour son grand-père, de quelle région il est. »

Paolo en fut contrarié. C'était une véritable obsession, chez son grand-père, que de chercher à savoir de quelle région, ville ou province, voire de quel village perdu venaient les gens. Une fois, il l'avait envoyé interroger les Tziganes d'une caravane qui avaient établi leur campement dans la prairie, et ceux-ci l'avaient chassé en lui criant : *Angusigolo !* (Paolo était trop maigre, long et fin comme une anguille). Et quelques jours plus tôt, quand il avait demandé à Tommasone, un chauffeur des Pouilles, d'où il était, celui-ci s'était rembruni et l'avait traité de « polentard » : c'était, on le lui expliqua par la suite, une injure contre les septentrionaux mangeurs de polenta, même si Tommasone avait voulu aussi faire allusion à ses cheveux blonds. Aussi, la nouvelle mission de son grand-père l'agaça ; sans compter que tous ces noms – Piémontais, Napolitains, Siciliens, Lombards – ne lui disaient rien. Il courut toutefois vers Frangisacchi.

« D'où je suis ? De nulle part », répondit-il en s'éloignant.

C'était impossible, Paolo le lui fit remarquer.

« C'est quoi ces histoires à la fin ! cria alors Frangisacchi en se retournant brusquement, le visage tout rouge. Quand on a vécu dans la capitale, il n'y a plus de régions ou de villages qui tiennent ! »

Paolo s'empressa d'aller le rapporter à son grand-père, ravi de décevoir sa curiosité.

Mais le vieux éclata d'un grand rire en relevant la tête et en faisant trembler sa barbiche ; il rit comme jamais Paolo ne l'avait vu rire. « J'en sais suffisamment, dit-il. Il est susceptible et insolent, donc il est toscan, et dieu sait de quel village perdu des Apennins ! »

II

Le grand-père de Paolo était rentré quelques mois auparavant, au début de l'hiver.

Il n'était pas rentré tout de suite, avec les premiers navires italiens. Paolo – qui avait quitté Semedella avec son père pour rejoindre Trieste en ces jours de liesse où l'on chantait et criait « Vive l'Italie » en agitant mouchoirs et drapeaux – se rendait chaque jour avec sa mère au port franc pour assister aux débarquements. Le visage de sa maman devenait plus sombre et ses yeux plus inquiets à mesure que les derniers civils descendaient des navires sans que l'on aperçût parmi eux le grand-père.

Paolo était encore plus impatient qu'elle : et l'oncle Manlio, qui était un officier italien, quand rentrerait-il ?

C'étaient des journées grises, de brouillard et de pluie ; sur la mer, on ne voyait que de la brume, et sur les quais, dans les rues, les dalles mouillées étincelaient. C'était une brume légère, venue de la mer ; et la pluie était fine : un crachin continu qui semblait s'égoutter de la chape de brouillard. Sale temps, n'empêche les gens étaient joyeux et portaient encore des cocardes ; Paolo était aux anges, car il était aussi dispensé de classe. Toutes les écoles étaient fermées.

Un après-midi, sa mère et lui sortirent à grands pas. Un nouveau bateau se préparait à accoster.

« Tonton arrivera aussi ? Avec les soldats ? »

Sa mère ne répondait pas.

Ils arrivèrent au port franc, au milieu des hangars et des grues, et se frayèrent un chemin dans la foule en attente. Le bateau – un vrai navire de guerre, gris avec des canons – était déjà amarré.

Du haut du pont, semblable à une tourelle, une voix criait ; c'était celle d'un homme en uniforme, avec une feuille à la main.

Dans la foule, on n'entendait pas un souffle.

De sa tourelle, l'homme criait des noms.

Paolo et sa mère retournèrent à la maison en silence. Le nom du grand-père n'avait pas été prononcé ; d'autres étaient arrivés – ceux qu'on avait nommés – mais pas lui et, cette fois encore, l'oncle Manlio n'était pas rentré non plus. Paolo s'impatientait, s'indignait presque : il ne pensait qu'à son oncle, n'attendait que lui, bien que sa mère ne prononçât pas son nom.

Ce soir-là, Paolo resta dans la cuisine, seul avec sa mère aux fourneaux. Ils n'avaient plus de bonne et son père n'était pas encore rentré. Ces derniers temps, il était toujours dehors, même s'il ne portait plus, comme la semaine passée, un brassard tricolore et trois bandes jaunes sur son chapeau de civil. « Je suis capitaine, avait-il expliqué à Paolo, je fais moi aussi partie du comité provisoire. » Ils étaient donc seuls dans la cuisine, sa mère venait de lui servir une louche de *suf* bouillant – eau et farine de maïs, la soupe de guerre habituelle – quand la cloche retentit.

Paolo courut à la porte ; quand il l'eut ouverte, il resta sans voix.

Un vieillard se tenait devant lui, maigre, avec une barbe blanche lui masquant le cou. C'était son grand-père, il l'avait compris tout de suite, déjà dans la cuisine, il l'avait senti au tressaillement de son cœur, en entendant la cloche ; c'était son grand-père et pourtant c'était un autre.

Cet autre était maigre ; son grand-père, lui, sans être gros, était bien portant. Et celui-là avait une barbe longue et blanche, tandis que Paolo se souvenait de l'aïeul avec une « mouche » seulement, non pas blanche, mais grise comme ses moustaches.

« Qui est-ce ? » demandait sa mère depuis la cuisine.

Son grand-père posa le doigt sur ses lèvres pour l'inviter à se taire ; c'était inutile, Paolo était encore sans voix.

Puis il sourit et entra sur la pointe des pieds.

« Qui c'est, Paolo, qui c'est ? » criait sa mère au fond du couloir, presque apeurée.

Plus tard, Paolo ne put entrer dans le salon avec sa mère et son grand-père ; sa mère avait fermé la porte.

D'abord dans le couloir, puis l'oreille contre l'autre porte, celle de la salle à manger, il essaya d'écouter ce que son grand-père disait.

Sa voix fatiguée, un peu rauque, s'exprimait lentement ; il semblait raconter quelque chose, entre de longues pauses. Soudain, Paolo comprit que l'oncle Manlio était mort.

Il comprit que son oncle était mort, et sans doute depuis longtemps, même si le grand-père, en racontant, n'avait jamais prononcé ce mot ; et il comprit aussi que sa mère le savait déjà.

Le jour suivant, Paolo apprit que l'oncle Manlio n'avait jamais été officier. Il était tombé en soldat, en « simple soldat » ; vêtu non pas de sergé et de longues bottes, mais de tissu grossier comme tous les militaires de base, et peut-être même crotté, avec des étoiles en fer blanc et des souliers pires que les paysans, comme tous les militaires.

Paolo se retrouva devant un vide. Plus il y réfléchissait, plus il pensait que la guerre avait été faite pour rien, pire, qu'elle avait été faite pour l'humilier. Soudain, c'était comme si l'oncle, le grand-père et lui avaient perdu ; c'était comme si les Autrichiens avaient gagné ; les officiers autrichiens et leurs enfants : ceux qui, pendant la guerre, étaient venus perquisitionner à la maison et arrêter sa grand-mère et son père, des hommes élégants, scintillants, avec de longues bottes, des éperons, une épée et des étoiles dorées. Comme si les vainqueurs, c'étaient le capitaine du district et son fils Ghesa.

Et il était inutile que son grand-père lui répétât, à croire qu'il avait deviné ses pensées, que c'était encore plus noble de la part de Manlio d'avoir voulu combattre et mourir en simple soldat, tout de suite ; sans attendre, pour se faire envoyer au front, de passer par l'école des officiers.

Il essayait de s'en persuader, il se le répétait, mais il y avait ce vide en lui ; et ce vide était toujours là quand il regardait en arrière, vers ces années de guerre, quand il avait été heureux, face aux autres gamins, à la pensée de l'oncle qui devait déjà être lieutenant, lieutenant italien, puis capitaine, puis commandant. Il l'avait même imaginé colonel, colonel de cavalerie, et il l'avait attendu avec son escadron à Semedella. Or son oncle n'avait jamais connu la cavalerie ; il avait été fantassin, dans les tranchées, comme les paysans.

Pourtant, il l'avait faite, la guerre ; il n'aurait pas pu combattre plus courageusement, même en tant qu'officier, disait son grand-père. D'ailleurs, on lui avait donné une médaille.

À quoi bon ? L'oncle Manlio n'existait plus.

III

« Je veux faire de toi mon sommelier ! criait son grand-père. Mon Grand Sommelier. »

Ils étaient tous les deux dans la petite cave que sa mère avait fait murer au début de la guerre. Quand on l'eut réouverte, le grand-père, toujours accompagné de Paolo, avait retrouvé ses vieilles bouteilles de vin. Depuis son retour à Semedella, c'était sans doute ce qui l'avait le plus réjoui.

Il grimpait tout en haut de l'échelle pour regarder et déplacer les bouteilles sur les étagères superposées jusqu'au plafond ; et Paolo, qui d'en bas l'éclairait à la chandelle, l'entendait moduler, comme autrefois, un léger sifflement. Un jour, il l'entendit chantonner à voix basse. Du sifflement modulé, l'aïeul était passé à un grondement sourd qui peu à peu s'amplifia, tout en gardant une tonalité profonde, presque ténébreuse :

Je dormirai sous les voûtes de pierre

chantait-il, du haut de l'échelle,

Des caveaux de l'Escurial !

« Grand-père, osa soudain Paolo, qui s'était hissé sur les premiers barreaux de l'échelle tout en tenant la chandelle de son bras levé, tu l'as trouvée, la bouteille ? » Et il allongea le cou pour jeter un œil aux étagères.

Le vieux ne répondit pas. On entendit, là-haut, un léger tintement de bouteilles qui s'entrechoquent, puis à nouveau le sifflement modulé.

« Alors, tu l'as trouvée la bouteille ? lança Paolo en rassemblant son courage.

– Laquelle ? répondit le vieux. Il y en a tellement. »

Telle fut sa réponse ; mais au vibrato de sa voix, il sembla à Paolo qu'il avait compris.

« Celle de ton grand-père… de la Révolution française… »

Sur son échelle, le vieux se retourna brusquement et regarda en bas ; Paolo le vit dans une étrange lumière, ses moustaches et son bouc oscillant au gré de la flamme.

« Pardieu ! s'était-il exclamé, tu es vraiment mon Grand Sommelier ! Comment se fait-il que tu te souviennes de cette bouteille ? Quel âge avais-tu quand je te l'ai montrée ? Ah, tiens, la voilà ! ajouta-t-il en prenant délicatement par le col une bouteille longue et étroite. Elle est de 1789 – sa voix vibra – l'année de la Révolution française. On l'ouvrira quand…

– Grand-père ! le devança Paolo, bouillonnant, pourquoi on ne ferait pas nous aussi… et il se sentit s'embraser, pourquoi on ne la ferait pas en Italie aussi la… la… la Révolution française ? » cria-t-il.

Elles étaient formidables, les révolutions ! Chaque jour un rassemblement : des chants, de la joie, des drapeaux, et quelqu'un à chasser. Ça lui avait drôlement plu ce qu'il avait vu à Capodistria, puis à Trieste, quand les gens avaient fait fuir les Autrichiens.

« La révolution ? répondit le grand-père de là-haut, en replaçant délicatement la bouteille sur l'étagère. On la fera ! » tonna-t-il. Puis, à mi-voix : « On la fera, mais je crains qu'elle ne soit pas française. Elle sera italienne, murmura-t-il plus bas encore, en secouant la tête. Je crains qu'elle ne soit italienne, vraiment italienne… »

Il ajouta :

« On l'ouvrira quand on aura instauré la République en Italie. Si je suis mort, c'est toi qui la boiras.

Rappelle-toi ! » Il s'était retourné sur l'échelle pour regarder son petit-fils.

Paolo était effaré. La révolution devait éclater tout de suite ; sinon, sans son grand-père, comment ferait-il ? Et quel plaisir y trouverait-il ?

« Tu vas la ranger où ? demanda-t-il toutefois.

– Quoi ?

– La bouteille… de la révolution. » La voix lui manquait.

« Elle est là, sur la troisième étagère », lui montra le vieux.

Il reprit son sifflement modulé, jusqu'à ce que Paolo l'entendît à nouveau chantonner tout bas :

Je dormirai dans mon manteau royal
Quand aura sonné l'heure dernière !

Le grand-père avait voulu rentrer à Semedella, dans sa demeure, au lendemain de son arrivée à Trieste, et Paolo et sa maman l'avaient accompagné. Paolo était content de retrouver la campagne, malgré les prémisses de la saison froide ; et il espérait y rester longtemps : les écoles, à Trieste et partout ailleurs, étaient encore fermées. Des soldats italiens y dormaient.

À peine rendu à Semedella, le vieux était monté directement au premier étage et avait ouvert la porte de la chambre de l'oncle Manlio. Sur la table de chevet et sur quelques étagères, il y avait les livres de l'oncle, au porte-manteau étaient accrochés ses grandes bottes et ses éperons, tels qu'il les avait laissés après son dernier galop avec Falco ; et il y avait aussi, dans un coin derrière l'armoire, la gaffe du *guzzo* avec son croc en laiton.

La mère de Paolo était sortie sur la pointe des pieds, le doigt sur les lèvres, incitant son fils à faire de même. Le grand-père était resté seul dans la pièce.

Quelque temps plus tard, la grand-mère aussi rentra à Semedella ; Paolo apprit que ces dernières années, les Autrichiens l'avaient enfermée dans un château appelé Göllersdorf, puis « internée » avec plein d'autres gens, dans un village près de Vienne.

Ce qui surprit le plus Paolo, en la revoyant, ce fut sa tête. Dans son souvenir, depuis les temps où elle le portait dans ses bras dans la maison ou dans la cour pour voir les poules et les poussins, elle avait les cheveux noirs. À présent, ses cheveux étaient gris ; Paolo, de loin, ne l'aurait presque pas reconnue.

Elle ignorait que l'oncle Manlio était mort ; il ne fallait pas le lui dire.

Les semaines passèrent ; les écoles finirent par rouvrir. Mais Paolo put rester à Semedella : pour le laisser à ses grands-parents, sa mère l'avait inscrit à Capodistria.

Le grand-père se rendait presque tous les jours en ville, dans une calèche qui venait le chercher ; et à une heure de l'après-midi, à la fin des cours, Paolo le rejoignait sur la place pour rentrer au domaine avec lui. Ils ne repartaient pas tout de suite. Il y avait toujours quelqu'un qui s'approchait de la voiture, le chapeau à la main, et ne semblait pas pressé, à croire qu'il n'avait pas faim comme tout le monde. Certains appelaient son grand-père « Monsieur le professeur », d'autres « Monsieur l'avocat », et jusque-là Paolo comprenait ; il fut surpris et perdu (bien qu'il se souvînt de tout ce que sa mère lui avait raconté sur son grand-père), le jour où un homme l'appela « Monsieur le député ». Mais cela lui plaisait que dorénavant on l'appelât ainsi. Et il ne demanda pas à son grand-père ni à personne d'autre pourquoi on employait ce mot ni ce qu'il voulait dire.

L'aïeul était allé chez le barbier d'où il était ressorti sans barbe, juste avec un petit bouc, une mouche plus exactement, entre la lèvre inférieure et le menton, comme autrefois. Il ressemblait enfin au grand-père des souvenirs de Paolo ; mais il restait maigre, et à table se taisait longtemps ; et quand il redressait un peu la tête en plissant les yeux comme s'il regardait au loin, on voyait sur ses joues deux longs sillons.

IV

Depuis que l'école était finie, Paolo sortait souvent avec son grand-père, qui avait acheté une jument et un cabriolet pour se rendre tous les jours en ville. L'enfant s'asseyait à ses côtés et le regardait conduire. Une fois sur la place ou devant le courtil, l'aïeul descendait et s'éloignait, tandis que Paolo restait près de la voiture pour surveiller la jument. Elle était jeune, longue et fine, de robe baie, et très rapide. C'est d'ailleurs à sa rapidité qu'elle devait son nom, un nom que les Italiens trouvaient incongru : « Fuga ». Elle avait appartenu à un fonctionnaire autrichien qui l'avait baptisée ainsi croyant l'appeler « Corsa » (en dialecte, du reste, « faire une fugue » signifie « faire la course »). Quoiqu'il en soit, à la chute de l'Autriche, le maître de Fuga avait fini – et ça faisait rire le grand-père – par fuguer vraiment pour se réfugier dans la famille de sa femme en Carinthie ; mais avant de s'enfuir, il avait légué voiture et jument à son palefrenier.

Sur le chemin du retour, le grand-père lançait Fuga au grand trot le long du « pont », la longue route droite qui courait jusqu'à Semedella entre la haute mer et les salines. Dressé sur son siège, il tendait les rênes en criant « Ahi ahi ! » comme les charretiers d'un village où il avait été pendant la guerre, et il menait la jument comme personne.

Le museau relevé pour fendre l'air, la crinière au vent, Fuga cavalait dans un martèlement régulier de sabots ; alors, sous le soleil et le souffle vif du mistral, avec de l'eau de chaque côté, vert pâle à gauche et bleu profond à droite, on avait l'impression de courir sur la mer. Et Fuga courait comme aucun autre cheval ; elle était d'autant plus rapide, d'autant plus joyeuse, qu'elle se savait en route vers la maison.

Paolo ne disait rien, mais il mourait d'envie de conduire un peu lui aussi, réprimant de temps à autre un élan de colère contre son grand-père, qui jamais ne lui cédait les rênes.

Puis, un jour, celui-ci parut avoir deviné.

« Apprends, lui dit-il en lui passant les rênes. Quand tu seras plus grand, tu auras aussi un cheval tout à toi, de selle et d'attelage, comme celui du pauvre Manlio. »

Il était joyeux, le grand-père, mais à ce souvenir une ombre passait sur son visage.

Le souvenir de Falco, le cheval blanc de l'oncle que les Autrichiens avaient réquisitionné au début de la guerre ne cessait de l'occuper. Il rêvait de le récupérer et en parlait à tout le monde dans l'espoir de retrouver sa trace, ou du moins de savoir où on avait pu l'emmener.

« J'ai perdu mon fils, répétait-il, je voudrais au moins retrouver son Falco. »

Mais personne ne pouvait l'aider. C'était déjà beaucoup que quelqu'un se rappelât qu'avant-guerre, un cheval blanc de ce nom avait existé.

« Il a dû finir en Serbie, lui avait-on répondu un jour.

– J'irais jusqu'en Serbie si j'apprenais qu'il était là-bas. Je saurais le reconnaître entre tous les chevaux du monde. »

En Serbie. Étrange, disait la mère de Paolo, car Falco, qui avait été offert au grand-père par un oncle possédant des terres en Dalmatie, était de race monténégrine. La guerre l'aurait donc reconduit vers sa terre natale ? Allez savoir. C'était plausible, puisque Falco avait été réquisitionné et emmené au tout début de la guerre, quand les recrues partaient pour la Bosnie en chantant, la fleur au fusil.

Un après-midi, Toni le cocher réapparut. En rentrant de la plage, Paolo le croisa qui descendait la grande allée. D'où sortait-il ? On ne l'avait plus vu de toute la guerre.

Il sembla à Paolo plus petit qu'avant. Un petit homme vêtu de gris, avec de grosses moustaches devenues blanches et une chaîne en argent sur le gilet. Il ne ressemblait même plus à un cocher, si petit et à pied (surtout là, sur la grande allée, où Paolo l'avait toujours vu perché sur le siège de meneur) ; et ses yeux le fixaient quelques instants pour le fuir aussitôt.

Après s'être salués, ils restèrent silencieux quelques secondes. Toni tenait de sa main gauche (son poignet était taché de rose et de brun) un petit balluchon, un mouchoir blanc et bleu noué pour transporter quelque chose, peut-être des fruits que les fermiers lui avaient offerts. Ce balluchon paraissait le gêner, comme s'il était contrarié que Paolo l'eût remarqué.

« Tu reviendras chez nous ? » lui demanda Paolo. La question lui brûlait les lèvres depuis le début.

« Je l'espère. Ses yeux, devenus petits, brillèrent et se détournèrent aussitôt.

– Tu reviendras bientôt ?

– Oui. Dans dix jours peut-être. »

À la maison, où il remonta en courant, Paolo apprit que Toni serait réembauché si ce qu'il avait garanti était vrai : ces dernières années, il était devenu raisonnable, il ne buvait plus.

Arriva le jour où Toni revint s'installer dans sa chambre au-dessus de l'écurie. Il n'eut pas grand-chose à faire, dans les premiers temps : il n'y avait que Fuga, dont s'occupait jusqu'alors Momi, le fils des fermiers, et le cabriolet. Mais il ne tarda pas à découvrir qu'on pouvait réparer la vieille calèche restée dans la demeure, dans la pièce à conserves. C'était – Paolo le savait bien – une calèche ancienne, la plus vieille de Semedella, haute et étroite, un peu instable, et assez lourde. Mais c'était un beau bois, un vrai bois (paraît-il que Toni n'utilisait jamais ce mot pour les cabriolets : si les voitures n'avaient pas quatre roues et un siège de cocher, ce n'était pas un bois), et tout là-haut sur son siège, il put redevenir cocher.

Remonter sur son siège, Toni en brûlait d'envie depuis qu'il était revenu. Il ne pense qu'à reprendre les rênes pour aller en ville et écumer les tavernes, disaient les paysans.

Rien qu'à les entendre, le sang de Paolo ne faisait qu'un tour. Comment pouvaient-ils être si durs ? Envers Toni de surcroît, qui n'avait jamais fait de mal à personne.

« S'il voulait boire, éclata-t-il un jour, il lui suffirait de descendre au buffet !

– Eh non ! Il n'a pas encore touché sa première paye. Au buffet de la gare, on ne lui ferait pas crédit. »

Paolo craignait que cela ne fût un peu vrai, mais il continuait à le défendre. Il avait compris que Toni ne pouvait se contenter de son travail de palefrenier, ou plutôt de garçon d'écurie : le seau d'une main et le balai en jonc de l'autre, et les fourchées de foin et les rations d'avoine, et tous les matins l'étrille et la brosse pour préparer Fuga, lustrer sa robe de la croupe aux jarrets, laver et cirer ses sabots, démêler et coiffer sa crinière fauve. Il avait compris que tout cela ne pouvait suffire à Toni, tout comme il ne pouvait se contenter de l'entretien des harnais et du cabriolet, qu'il nettoyait chaque jour. Et il ne pouvait se satisfaire non plus d'atteler et de dételer Fuga. Son grand moment, celui pour lequel il avait supporté cinq ans d'inertie, serait le jour où il reprendrait les rênes, assis comme avant-guerre sur le siège de cocher d'un bois du grand-père.

D'autant que rien ne le blessait davantage, à présent, que le mépris qu'affichaient envers lui certains soldats, en particulier Frangisacchi.

Paolo le savait. Il l'avait compris dès lors que Frangisacchi, voyant Toni pour la première fois, avait demandé : « Qui c'est ce porcher ? » ; et Toni, en entendant les discours de Frangisacchi, s'était exclamé : « Il parle toujours de propreté, mais le plus gros porc, c'est lui. »

Paolo s'était fâché contre le soldat :

« Ce n'est pas un porcher, c'est un cocher !

– Pour moi c'est un porcher.

– C'est notre cocher ! »

Frangisacchi se tut, faisant mine de s'affairer autour du camion. Puis il se retourna :

« Et alors, c'est du pareil au même, non ? dit-il d'un ton presque doux. Porc ou cheval, on a toujours les pieds dans le fumier ! » et il secoua la tête en écartant les bras, comme s'il était navré pour Toni.

Entre Toni et Frangisacchi, il n'y aurait jamais d'atomes crochus : c'était désormais évident. Dans les premiers temps, Paolo en fut profondément affligé. Il aurait voulu qu'ils soient amis et ne savait comment les réconcilier.

En revanche, une certaine solidarité, sinon une amitié, naquit entre Toni et le soldat Crippa, celui du génie télégraphique qui habitait avec ses collègues la bicoque du *guzzo*.

« Tout le monde le prend pour un idiot, répétait Toni, mais de tous ces chiens de garde, c'est le seul chrétien. »

Et Crippa :

« Le vieux qui s'occupe des chevaux, voilà un homme sans malice ! De toute façon, les chevaux sont meilleurs que les hommes. Qui vit avec les chevaux vit loin du mal. »

Le grand jour de Toni arriva enfin. Un matin, la manivelle du frein étant réparée, il attela la jument à la calèche.

Paolo était là. Il le vit bondir, comme s'il s'était soudain délesté du poids de vingt années, sur cette espèce de siège invraisemblable, très haut et étroit, à peine plus confortable qu'une selle de bicyclette. Et ce fut le seul à remarquer – mais il ne le dit à personne, pas même à son grand-père – qu'au moment où il prit les rênes et agita son fouet en criant « Hue ! », les petits yeux pétillants de Toni étaient remplis de larmes.

Depuis que la calèche était à disposition, la tante Pia recommençait à venir chaque semaine d'Isola, comme avant-guerre. Autrefois, elle arrivait avec le train qui s'arrêtait en bas, devant le grand portail ; mais à présent qu'elle était plus vieille, elle se déplaçait en calèche, quand elle pouvait ; et son jour de visite tombait toujours le jeudi.

V

Paolo, qui n'avait plus envie de gambader et de polissonner comme autrefois, passait de longues heures avec les soldats, avec les chauffeurs de la remise à calèches, mais aussi avec les télégraphistes de la bicoque du *guzzo*.

C'était là-bas qu'il allait le plus souvent depuis qu'il s'était aperçu que Frangisacchi « se foutait de la gueule » de Toni.

Là-bas il y avait Borsarelli, un Toscan grand, blond et édenté : pendant la guerre, il avait fait partie des *arditi*[1], disait-il, il avait perdu ses dents dans les tranchées et était farci de blessures ; ensuite, pour le remercier d'être allé à l'assaut, parce qu'ils en étaient incapables, tous ceux qui avaient récolté une médaille d'argent, on te l'avait balancé chez les télégraphistes. Et il y avait aussi Crippa, avec sa trogne de blond toujours un peu gonflée de sommeil, qui grommelait de sa voix rauque et était l'ami de tous les enfants.

« Crippa ! Crippa ! » entendait-on de tous les côtés ; et les enfants, parfois toute une ribambelle, se précipitaient vers lui.

1. Les *arditi* étaient un corps spécial de l'armée italienne pendant la Première Guerre mondiale, rompu aux techniques de guérilla et chargé de mener les assauts. En 1919, une partie des *arditi* sont envoyés en Lybie, tandis que les unités indépendantes sont dissoutes en raison de leurs liens avec les nationalistes radicaux, de leur propension à la violence et au mépris des règles. Parallèlement, le mouvement fasciste naissant les présente sous un angle héroïque et en fait son bras armé. *(NdT)*

« Crippa ! criaient aussi les soldats, eh Crippa ! » Mais c'était pour se moquer de lui.

À la bicoque du *guzzo* (qui avant-guerre servait de remise à la barque de l'oncle Manlio), on bavardait et on riait tout le temps. Ce n'était pas comme sous la pergola où, quand Frangisacchi ne parlait pas, c'était le grand silence.

On bavardait, on riait, et souvent des paysans venaient passer du bon temps avec leur fiasque ; les soldats leur offraient tout ce qu'ils pouvaient. Il arrivait même que la vieille Meneghina se joignît à eux. Elle habitait dans la tourelle qui jadis servait de pigeonnier, et les soldats finirent eux aussi par l'appeler Tata. C'était la plus vieille femme de Semedella (elle disait se souvenir du maître en culottes courtes), pour elle les soldats se seraient privés de soupe, ils lui auraient même donné leurs étoiles.

Là-bas, Paolo retrouvait Guido et Bruno, ses camarades de jeu du temps de la guerre. Il revoyait Lena, la petite idiote, toujours en train de ronger et de baver sur un trognon de pomme ; il parlait avec Norma, la fillette qui habitait la tourelle avec la vieille Meneghina et s'entendait bien avec Eros le chien.

La bicoque du *guzzo* – celle-là même où avaient logé Hans et d'autres soldats autrichiens – était très bien située. À côté, sur un terre-plein bordé d'un muret, il y avait un bosquet de cyprès et de thuyas ; en face, derrière la clôture en bois, s'étendait la « prairie » avec la petite église ; et tout au fond, on voyait la mer.

La bicoque du *guzzo* se trouvait donc à deux pas de la prairie, dans un paysage incroyable. De grands, d'immenses peupliers entouraient l'église – l'un d'entre eux était si large que tout un bataillon aurait pu s'y mettre à l'ombre, disait Borsarelli ; quand la brise faisait palpiter et étinceler leurs feuillages, on entendait comme un murmure ininterrompu (quand le vent se levait, c'était presque un grondement) ; et à certaines heures, des gazouillis résonnaient haut et fort dans ce vaste chuchotis.

Telle était la prairie ; et c'était – sur combien de milles alentour ? – l'endroit le plus connu en dehors de la ville.

Dans la prairie, les soldats venaient s'entraîner (Paolo se souvenait aussi des Bosniaques coiffés d'un fez rouge qui, au temps de l'Autriche, manœuvraient au roulement des tambours) et chaque année, le jour de la Vierge de Semedella, s'y tenait une foire ; c'était aussi le rendez-vous des amoureux, et on y jouait au ballon ; les promeneurs venus de Trieste s'y arrêtaient pour casser la croûte ; de temps à autre, on y voyait les feux, les haillons bigarrés et les chevaux maigres des Tziganes ; et puis c'était là que sa mère s'était mariée, là que l'oncle Manlio allait galoper avec Falco.

Tous les matins, plutôt que de descendre par la grande allée, Paolo passait par la bicoque du *guzzo* pour se rendre à la plage, et toujours il y faisait une halte. Il y venait parfois avec Anielluccio, un chauffeur napolitain qui préférait la compagnie des télégraphistes et laissait la remise pour retrouver Borsarelli, Crippa et les autres. Ils s'arrêtaient ensemble, appelaient Borsarelli – qui souvent répondait par des grognements et des pets depuis le bosquet où il prenait le frais, vautré dans une sorte de hamac qu'il avait tissé avec des fils électriques – puis continuaient vers la plage ; tantôt ils ne repartaient qu'à deux, tantôt Borsarelli, d'autres soldats et Guido et Bruno se joignaient à eux.

Certains matins, ils ne trouvaient personne ; à croire que toute l'unité des télégraphistes s'en était allée tendre des fils et planter des téléphones.

Il ne restait que Crippa, chargé de garder le bâtiment et le matériel (Crippa à qui les paysans et les gosses chipaient tout, ceinture comprise, si bien qu'il était obligé de faire tenir son pantalon avec de la ficelle !). Gonflé, somnolent, l'œil mi-clos, il sortait de la maisonnette et criait :

« Ohé ! Pour vivre heureux, vivons seuls ! Vive l'anarchie ! »

Ce n'était pas difficile de faire parler Crippa si on était gentil avec lui ; alors, ses yeux grands et bleus (sur cette bouille endormie, les plus beaux yeux qu'on ait jamais vus, disaient les filles de la montagne) s'éclaircissaient jusqu'à devenir comme ceux des enfants, et comme un gosse il riait.

Mais quand on lui proposait de quitter la bicoque pour aller à la mer, il redevenait sérieux.

« Non, répondait-il. Je crie à bas les têtes couronnées, n'empêche, un soldat doit faire son boulot !

– Tu parles ! Tu as la trouille de l'eau ! répliquait Anielluccio. Tout l'Adriatique ne suffirait pas à te laver tellement tu es sale et tu pues. C'est pas plus mal : un seul plongeon et tu nous empestes la mer. »

« Ce n'est pas sa faute s'il est bête, disait Anielluccio à Paolo quand ils traversaient la prairie. Dans son village, ils sont tous comme lui. Reste que c'est un brave garçon, il a un cœur d'or. »

Parfois il était sombre, Crippa. On le retrouvait tout recroquevillé, fermé comme un escargot. Et s'il parlait, il parlait embrouillé, en élevant la voix. Il criait des foudres de son village, de la terre qui appartient à Dieu et des chrétiens assassins.

Et il agitait les bras comme s'il voulait frapper quelqu'un.

« Allons-y ! Allons-y ! Dieu ne parle pas avec le diable », murmurait Anielluccio, répétant une phrase de Crippa. Et il s'en allait, la main sur l'épaule de Paolo qu'il poussait devant lui.

Crippa se mettait dans cet état – Anielluccio l'avait appris de Borsarelli – quand la veille ils l'avaient fait enrager en lui parlant (si Paolo avait bien compris) de femmes-chiennes, de lupanars, de jupes retroussées dans l'herbe et de gamines à culbuter. Et il était devenu fou furieux, on aurait dit qu'il voulait tous les tuer, la fois où ils avaient dansé autour de lui ce qu'ils appelaient « le ballet du téléphone », en gesticulant et en criant : « Dis, téléphoniste, où sont tes piles ? Dis, tu nous les montres, tes piles ? »

Borsarelli avait raconté l'anecdote à Anielluccio en ricanant, loin de Paolo ; mais Paolo avait saisi quelques bribes qu'il n'oublia pas.

Depuis quelque temps, Borsarelli venait à la plage tous les matins.

« S'ils veulent que j'installe un téléphone, disait-il en quittant l'unité, ce sera sans fil. »

Ils allaient sur les « grottes », c'est-à-dire sur les rochers jetés le long de la plage pour protéger la voie ferrée. (Hormis quelques pieux rongés, le débarcadère du grand-père n'existait plus : il avait été pillé et démantelé à la fin de la guerre par les gens de la montagne venus faire provision de bois.)

Ce n'était pas une plage confortable. Il y avait des strates de roche que les pieds rencontraient sous l'eau passé le ballast ; et il y avait dans la mer des pierres tombées du sommet de la colline ou jetées par les gamins qui s'amusaient à faire ricocher des cailloux lisses, choisis dans la blocaille amassée entre les rails et les traverses.

Mais l'eau était si limpide que ça donnait envie de la boire. Certains matins, on voyait le fond comme derrière une vitre verte. De hauts rochers émergeaient çà et là, bruns et maculés d'algues, brillants ; il suffisait de les rejoindre pour sauter dans la mer comme d'un plongeoir.

Et l'horizon était immense, des paquebots blancs ou noirs passaient au large, si petits contre le ciel qu'un ongle placé devant l'œil suffisait à les faire disparaître ; des *bragozzi* voguaient dans le vallon, chacun avec des voiles différentes : jaune et rouge, orange et bleu, avec une croix ou un cœur transpercé, ou une ancre, ou un soleil, ou une étoile. Ils passaient si près, parfois, que par-dessus le vent et le clapotis de l'eau on entendait les voix de l'équipage, le craquement du mât et du gouvernail, le grincement des palans.

À rester ainsi entre mer et soleil, les heures filaient, on avait l'impression d'être à peine arrivé qu'il était déjà midi ; on le savait même sans montre, grâce au *vaporetto* blanc à la cheminée rouge et noir, qui au fond de l'azur doublait Punta Grossa (le dernier contrefort du promontoire qui fermait le vallon de l'autre côté), pointant droit vers Capodistria, paisiblement blottie autour de son campanile, bien en vue contre le vert des collines.

Et la brise était si fraîche – surtout au sommet du talus – que l'on n'avait pas l'impression d'être au soleil. Plus haut en revanche, les rochers plats brûlaient et les rails plus encore. Mais sur la pierre on s'étendait mouillé, pour replonger aussitôt une fois sec ; et les rails, c'était un plaisir d'y promener les doigts. Usés par le passage des trains, ils glissaient sous la pulpe comme de l'argent poli, et comme l'argent ils étincelaient ; quand le soleil était haut, ils projetaient de longs éclats, surtout dans les virages (Toni se souvenait que bien des années auparavant, les chevaux qui passaient sur la route voisine se cabraient en les voyant).

Par jeu, ou pour susciter l'admiration des soldats, Paolo aimait faire rebondir des galets sur la mer. C'était l'oncle Manlio qui le lui avait appris des années plus tôt : on choisissait un caillou un peu plat, on le plaçait comme un disque entre le pouce et l'index et on le lançait à la surface de l'eau. *Flac, flac, flac* ! Un deux trois quatre, parfois cinq ou six ricochets, d'abord rapides, puis toujours plus lents, et le caillou finissait par sombrer. Mais il restait, partout où il avait effleuré l'eau, plein de cercles qui s'élargissaient prestement, devenant de plus en plus ténus jusqu'à disparaître. Parfois, ils s'élargissaient tellement qu'ils s'annelaient avec les cercles voisins, lesquels faisaient de même avec d'autres, et ainsi de suite.

Un sifflement, répété ; et le long du talus des silhouettes de baigneurs se levaient : partout des têtes, des jambes et des bras se dressaient, on ne les aurait jamais cru si nombreux ! Avant et après, quand ils étaient étendus au soleil, on ne les distinguait pas ; la plage, à perte de vue, semblait quasi déserte.

Un sifflement, encore.

Une sorte de caisson noir surmonté d'un tube avançait en crachant. C'était un petit train ; Paolo s'en rendait compte maintenant qu'il en avait vu des grands.

Tata-tatoum, tata-tatoum, tata-tatoum ! Le train passait ; alors les baigneurs, restés debout, retournaient s'allonger sur les rochers en haut du talus. Mais d'autres têtes et d'autres bras se levaient là-bas au fond, toujours plus loin, au fur et à mesure que la locomotive avançait en répétant son sifflement ; d'autres gens se levaient puis se recouchaient, jusqu'à ce que le train eût disparu dans le virage.

Il y avait toujours des militaires dans les wagons, des militaires, là aussi, encore, et pas seulement des paysannes avec leur panier, le *pianer*, qu'en descendant elles replaçaient sur leur tête, et puis des enfants et des promeneurs ; on voyait aussi, presque toujours, des wagons comme de gros silures peints en rouge : les wagons-citernes.

VI

Ces matins-là, sur les rochers émergés ou sur le talus de la voie ferrée, Anielluccio, Borsarelli et ceux qui les avaient accompagnés discutaient de tout et de rien entre quelques brasses et un plongeon. Paolo s'amusait à les écouter.

La conversation revenait souvent sur Frangisacchi ; alors Borsarelli, Toscan comme lui, lançait un pet sonore :

« Il parle toujours de grandes villes. Vous savez combien il en connaît ?

– Vas-y, on t'écoute ! riait Anielluccio en le regardant de ses yeux noirs et vifs.

– Dix, au moins dix !

– C'est quoi la première ? On t'écoute. »

Et Borsarelli, entre deux grands éclats de rire, sortait le nom d'un village que personne ne connaissait.

« Et la seconde ?

– Et la troisième ?

– Et la quatrième ? »

Borsarelli, qui lâchait un pet à chaque fois, se tordait les côtes, et les autres avec lui. Il balançait des noms mesquins ou prétentieux, toujours ridicules, dont personne n'aurait pu imaginer l'existence. Et sans doute n'existaient-ils même pas : Borsarelli les inventait.

« Pourtant il est allé à Milan ! essaya d'objecter Paolo un jour.

– Bien sûr, dégaina Borsarelli, avec le train militaire, quand il a voyagé comme un sac de patates, parce qu'autrement, il a jamais voyagé, et le Dôme, et la Vierge tout là-haut, il les a vus depuis la fenêtre du wagon.

– Mais non ! tenta à nouveau Paolo, au milieu des ricanements. Il m'a dit qu'il y était allé avant la guerre. Il était chauffeur privé…

– C'est ça, c'était le chauffeur de sa Majesté qui le traitait comme son cousin germain ! lança la bouche édentée de Borsarelli, et tous de se tordre de rire.

– Tu veux savoir la vérité ? reprit-il. Il est devenu conducteur de camions pendant la guerre, et abruti comme il est, parce que c'est ce couillon de Piveroni qui fait tout à sa place, il prend le volant seulement pendant les revues. Avant, dans son village, c'était la honte de son père. Tu parles d'un chauffeur, là-bas des automobiles, ils n'en ont jamais vu. C'était la brebis galeuse de son paternel, qui était éleveur de moutons, et lui, il tondait et vendait ses bêtes. Plus bête qu'un mouton, voilà ce qu'il est. C'était la teigne du village ; s'il y avait pas eu la guerre peut-être bien qu'il y serait allé, à Milan, mais à la prison de San Vittore ! »

Paolo n'écouta pas jusqu'au bout. Une chose l'avait frappé, il ne cessait d'y penser : Frangisacchi, fils d'un éleveur de moutons ! Lui qui humiliait Toni en le traitant de porcher, lui qui disait « Porc ou cheval, on a toujours les pieds dans le fumier » !

Mais pouvait-on croire Borsarelli ?

Frangisacchi semblait le plus citadin des citadins. Il suffisait de le regarder quand il s'affairait sous la pergola, avec ses cheveux lisses et lustrés ; ou quand la cigarette au coin des lèvres, il s'affalait, les yeux mi-clos, au volant de son camion à l'arrêt. À l'ombre des acacias et des glycines, il lui arrivait de rester sur son siège pendant des heures, sans se soucier du va-et-vient et des plaisanteries des autres chauffeurs ; paupières entrouvertes, il regardait au loin, on aurait dit qu'il pensait. Puis, un coup de klaxon soudain faisait sursauter tout le monde. Comme si, par ce signal brusque et bref, il voulait dire : « J'ai fini de méditer, maintenant je descends. » Et il descendait vraiment, toujours avec cet air ennuyé, pour entrer dans la remise ou s'en aller qui sait où ; et de la pointe de ses souliers il écartait de temps à autre un caillou, comme si la route aussi devait faire place nette à ses maigres jambes arquées aux molletières kaki.

De son camion, et parfois même de celui des autres (sous la pergola, il y en avait toujours deux, souvent trois), il disposait comme un patron. Si Piveroni était dans les parages, il se faisait servir en l'envoyant à pied chercher ceci ou cela, surtout des cigarettes, en bas au buffet de la gare. Mais quand Piveroni n'était pas là (la plupart du temps parce qu'il l'avait déjà envoyé chercher quelque chose d'autre), il donnait un coup à la manivelle, s'installait au volant et s'en allait faire ses petites affaires, en camion, même pour se rendre au buffet qui était à deux pas.

Un jour qu'il partait ainsi, Battiston, un chauffeur vénitien arrivé depuis peu et toujours souriant, lui cria en plaisantant :

« Où tu vas comme ça ? Chez le colonel *Tire-au-cul* ?

– Je vais dire *non* à une fille, si tu veux tout savoir », répondit Frangisacchi en freinant, courbé sur une allumette ; puis il accéléra et partit.

Par contre, quand il était en service, il faisait conduire Piveroni (qui était de Novara, avait cru comprendre Paolo, et il en avait immédiatement informé le grand-père) ; il s'installait à côté de lui comme un supérieur, torse bombé, sérieux, avec son nez crochu, ses petits yeux et ses cheveux lisses peignés de côté (il portait le béret le moins possible). Et il arrivait souvent, au grand dam des autres chauffeurs, que des soldats, voire quelque sous-lieutenant, portassent la main à la visière en le voyant passer sur la route.

Un jour, Paolo eut l'occasion de surprendre Frangisacchi les cheveux en bataille. Courbé, en bras de chemise, il se démenait sur le muret qui devant la remise et l'écurie fermait la terrasse comme une balustrade ; de temps à autre émergeaient une brosse et un seau, un de ceux que Toni utilisait pour abreuver Fuga ; et même la brosse, dure, hirsute – à présent il la distinguait – était celle de la jument.

Il s'approcha ; mais Frangisacchi ne daigna pas le regarder ni lui adresser la parole.

Ce qui étonna le plus Paolo, outre le désordre de ses cheveux, avec cette mèche en l'air, ce fut de le voir au travail pour la première fois ; d'autant plus que Piveroni était juste à côté, en train de lire le *Corriere dei Piccoli* sur le banc en pierre de la pergola.

Paolo regarda le muret. Avec la brosse de la jument, Frangisacchi frottait un petit matelas gris fabriqué avec une toile de tente ; le même matelas qu'il gardait toujours dans son camion et sur lequel il dormait la nuit.

« En voilà un noble travail, digne du fils préféré de son papa ! lui cria Borsarelli qui passait à ce moment-là. Vas-y, nettoie ! Nettoie bien l'endroit où tu poses ton croupion ! La propreté, cria-t-il, est la première vertu de l'homme ! »

Paolo s'attendait à voir Frangisacchi fulminer ; d'autant qu'à la voix de Borsarelli, Anielluccio, Battiston et d'autres étaient sortis de la remise, et tous échangeaient des clins d'œil et des rires. Mais il resta imperturbable. Il plongea à nouveau la brosse dans le seau et continua à frotter, dos courbé, jusqu'à ce que Borsarelli eût disparu derrière la gloriette, en bas sur la grande allée.

« Dis, Frangisacchi ! cria alors une voix. Et la première vertu de la femme ? C'est quoi la première vertu de la femme ?

– La première vertu de la femme ? » dit-il en se retournant vers ses compagnons et en passant sa main dans les cheveux ; il était détendu, comme toujours, mais son visage était rouge, peut-être à force de travailler courbé. « Même les bâches de mon camion le savent, pérora-t-il, en leur tournant le dos pour se pencher à nouveau sur le matelas. La première vertu de la femme, c'est de coucher avec un homme propre.

– Bravo Lupo ! ça, c'est bien dit ! » Et des applaudissements s'élevèrent.

Lupo c'était lui, Frangisacchi. C'était la première fois que Paolo l'entendait appeler ainsi ; restait à savoir s'il s'agissait d'un surnom ou de son vrai prénom. Piveroni l'appelait Bebe.

C'est alors qu'on entendit crier :

« Dis, Lupo, où tu as appris à parler si bien ? À Rome ou à Paris ? »

Lui, piqué mais toujours alerte, répondit sans se retourner, d'une façon qui surprit tout le monde :

« Dans mon village, pisse-au-lit ! »

Que venait faire le pipi là-dedans ? Le matelas était taché de sang, Paolo le voyait bien à présent qu'il avait grimpé sur la fourche d'un acacia.

Même l'eau du seau était devenue rougeâtre. Du sang. Paolo observait du haut de son arbre (Frangisacchi s'était-il aperçu de sa présence ?), immobile, les yeux écarquillés, le souffle suspendu.

Cet épisode le marqua durablement ; mais il n'en parla jamais à personne.

À qui pouvait appartenir ce sang ?

À Frangisacchi ? Il était blessé, quelqu'un lui avait fait du mal ; ou bien il souffrait d'une terrible maladie, de celles dont à la maison on parlait en chuchotant. Ou alors c'était le sang d'un autre. Mais de qui ? Et Frangisacchi…

Brusquement, Paolo revit une scène à laquelle il avait assisté petit, au même endroit, devant la remise. Toni en train de laver avec une éponge, qu'il plongeait dans un seau, les coussins en cuir noir de la victoria, après une promenade en voiture en direction d'Isola, une promenade subitement interrompue : Toni, sur les ordres du grand-père, avait fait faire demi-tour au cheval et deux miséreux, un homme et une femme, étaient montés dans la victoria qui était aussitôt repartie en les laissant, lui et son grand-père, seuls à pied sur la route ; et comme elle montait sur le marchepied, la femme serrait contre sa poitrine un enfant nu, souillé de rouge sombre, affreux.

« Pourquoi tu nettoies ? C'est sale de quoi ? » avait-il demandé à Toni cet après-midi-là en le voyant passer et repasser l'éponge sur les coussins et le tapis. « De sang ! » avait répondu Toni d'un air sombre.

Peut-être qu'aujourd'hui Toni le lui dirait aussi, et sans qu'il le lui demandât, à qui était ce sang ; mais pour l'heure Toni n'était pas là, aussi Frangisacchi en avait profité pour lui prendre le seau et la brosse.

Où allait-il, Toni ? Pourquoi disparaissait-il presque tous les après-midi, une fois rentré de la ville avec le grand-père ?

Paolo préférait ne pas poser la question, il espérait que ses grands-parents ne remarqueraient pas son absence.

Il est au buffet, craignait-il de s'entendre répondre. Il avait déjà entendu dire que Toni recommençait à y aller ; et quand il avait essayé de le défendre en criant : « Mais il est devenu raisonnable ! Pendant la guerre, il a arrêté de boire !

– Tu parles d'un exploit ! lui avait-on rétorqué. Pendant la guerre, du vin il y en avait pas non plus, seulement cette saloperie qu'on fait avec les pommes, comme les Allemands. Et puis il l'aurait trouvé où, l'argent ? Il se pavanait pas sur son siège pendant la guerre ! Il marchait à pied, avec des godasses trouées. »

Mieux valait ne rien dire. Paolo aurait voulu faire respecter Toni ; au moins par les soldats, sinon par les paysans, qui s'acharnaient contre lui même s'ils l'aimaient bien.

Il lui sembla pouvoir saisir l'occasion propice un soir que les chauffeurs, au frais sur le banc de pierre de la pergola, comptaient les années que chacun avait passées sous les armes : qui un an, qui deux, qui trois, voire quatre comme Anielluccio ; et ils poussaient de gros soupirs et des jurons.

« Mais ce n'est rien du tout ! cria Paolo. Toni, le cocher de Fuga, en a fait quatorze. Sept années de terre et sept années de mer ! »

Tous se turent.

« Sept années de terre et sept années de mer ! finirent-ils par murmurer, comme revenus d'un choc. Ce n'est pas possible, tu l'as inventé ! »

Les yeux de Paolo étincelaient.

« Non, *el putelo* a raison, intervint Battiston. Moi j'avais un oncle sous l'Autriche, dans le Bas-Frioul, et je sais que quand l'empereur vous appelait… »

Tous se tournèrent vers Battiston et plus personne ne souffla mot.

C'est alors qu'intervint Frangisacchi, qui pendant ce temps se nettoyait les ongles seul dans son camion.

« S'il a été quatorze ans sous les armes et qu'il n'a pas été démobilisé en colonel, de deux choses l'une : ou il a la poisse, ou c'est un couillon ! » Et il descendit du camion pour entrer dans la remise.

Tous éclatèrent de rire ; depuis cet épisode-là, pour Toni, ce fut pire qu'avant.

Il devint « Soixante-dix ans de terre et soixante-dix ans de mer », ou alors « Le pépé autrichien toujours pas démobilisé ».

Étonnamment, le seul auprès duquel Toni sembla avoir acquis davantage de considération fut Frangisacchi. Sans qu'ils se rapprochassent l'un de l'autre, parce qu'ils ne se parlaient pas, Frangisacchi daignait désormais le regarder ; et même, il l'observait à la dérobée quand il sortait de l'écurie pour atteler ou dételer Fuga. Un jour qu'il épiait Toni, Paolo l'entendit murmurer d'un ton qu'il ne lui connaissait pas « Sept ans de terre et sept ans de mer ! » puis émettre un sifflement, très long.

Toutefois, Frangisacchi continua à appeler Toni « le porcher ». Toni, lui, souriait à tous sauf au Toscan, qu'il feignait de ne pas voir ; il souriait même aux soldats qui au début lui tapaient sur les nerfs, ceux qu'il appelait « les chiens de garde », et supportait leurs plaisanteries.

Il leur parlait de ses chevaux du temps passé : Idran, Ungar, la Gattina, Serse, Antares, Griso et Daina, de tant d'autres que Paolo avait oubliés, et surtout de Fulmine, l'étalon qu'entre tous le grand-père avait le plus aimé et qui était enterré dans le bosquet de thuyas, derrière le virage de la grande allée. Et c'était Fulmine, ajoutait-il à chaque fois, la tête de cheval empaillée qu'on distinguait dans la pénombre de la pièce à conserves.

« Toni, Toni ! l'interrompait Paolo, les yeux brillants. Tu crois qu'on réussira à retrouver Falco ? »

Toni secouait la tête et pinçait les lèvres.

« Le monde est grand, disait-il, et un cheval n'est qu'un cheval. »

Retrouver Falco, le grand-père aussi semblait ne plus y croire, car depuis quelque temps, il avait cessé d'en parler. La grand-mère le nommait parfois, elle savait désormais que l'oncle était mort (un jour, en répondant à ses questions, le grand-père avait fini par le lui dire ; jusque-là, on lui avait fait croire qu'à la fin de la guerre, Manlio avait été mobilisé en Albanie). Amaigrie elle aussi, le visage toujours sérieux, la grand-mère regardait parfois vers la prairie, entre la petite église et les peupliers, derrière lesquels on voyait la mer étinceler et la ville se profiler :

« J'ai l'impression de le voir, mon Manlio, quand il galopait là-bas avec Falco. », et elle secouait la tête.

Dire Falco, à présent, c'était comme dire Manlio ; pour ne pas tourmenter davantage ses grands-parents, Paolo apprit peu à peu à ne plus le nommer en leur présence.

VII

Depuis qu'elle avait appris la mort de l'oncle Manlio, la grand-mère ne voulait plus sortir de la maison. Elle ne sortait même pas le dimanche, pour la messe ; elle avait cessé de prier et se fâchait – le visage congestionné – si quelqu'un s'aventurait à lui parler de Dieu.

Le grand-père, en revanche, continuait à sortir ; tout le monde le saluait, de la route, des pas de porte, des boutiques, des fenêtres. Et la calèche ou le cabriolet s'arrêtait sans cesse, devant tel ou tel qui voulait le saluer de près et lui parler. C'était aussi l'ami des enfants, des gamins de rue, des jeunes filles ; il leur souriait, pour chacun il avait un mot. À croire qu'il devenait le grand-père de tous, y compris des soldats, qui étaient toujours contents de le voir et le traitaient comme un vieux général.

Le respect et l'affection des soldats pour son grand-père remplissaient Paolo de fierté. Bien que l'aïeul ne leur demandât jamais rien, ils tenaient à lui rendre service de temps à autre. Ils s'offrirent même d'installer l'éclairage électrique dans sa maison. Ils travaillèrent avec enthousiasme, tirant des câbles bitumeux qui ressemblaient davantage à des fils de téléphone qu'à des fils électriques ; et chaque fois qu'ils croisaient l'aïeul, à l'intérieur ou à l'extérieur de la maison, ils se mettaient au garde-à-vous.

Un jour qu'il aidait Toni à fouiller dans la remise située au bout de la terrasse, Battiston découvrit parmi les mâts, les vergues, les gouvernails, les rames et autre matériel inutilisé, une grande dalle en pierre qui, une fois redressée, montra un lion sculpté. C'était le lion de saint Marc, expliqua le grand-père, un lion tenant entre ses pattes un livre non pas ouvert mais fermé, c'est-à-dire sans le *Pax tibi Marce*, comme on en sculptait au temps de Venise dans les régions où la guerre perdurait.

Les soldats furent heureux de faire plaisir au grand-père en fixant la dalle sur la façade de la demeure, au-dessus de l'architrave de la porte ; plus haut, ils accrochèrent une lanterne qu'on pouvait allumer depuis l'entrée. Ce lion qu'il avait trouvé bien des années plus tôt – la partie sculptée contre terre – dans un dallage autour d'un puits, le grand-père avait toujours eu l'intention de l'enchâsser là-haut ; et voilà qu'aujourd'hui, à la chute de l'Autriche, c'étaient des soldats venus de toutes les régions d'Italie qui de leurs propres mains le lui installaient.

Mais l'opération ne fut pas facile : comme il fallait un échafaudage pour le monter et qu'il n'y avait pas de planches pour en construire un, les soldats durent s'adresser à un autre détachement, encaserné à Giusterna ; et lors de ces négociations, les officiers firent des difficultés. Alors, maudissant tous les officiers du monde qui ne savent rien faire d'autre que vous mettre des bâtons dans les roues, tandis que le grand-père leur répétait « Laissez tomber, mes garçons ; si c'est possible, tant mieux, mais si les officiers le prennent mal, n'insistez pas », ils finirent par trouver une solution, et une fois l'échafaudage démonté, le lion apparut, superbe et courroucé. Il apparut, tout blanc, entre le vert des branchages qu'on avait glissés dans ses pattes, sous le livre et jusque dans sa gueule, et le rouge des grappes de *pomele* utilisées faute de fleurs.

D'un rouge clair, les *pomele* étaient les baies d'une plante à épine placée en haie le long du fossé qui séparait le domaine de la prairie. Le grand-père avait fait pousser là ces arbustes épineux pour protéger ses champs ; or ce fut pire, car les *pomele* étaient savoureuses, et la *mularia*

– la marmaille –, sans se soucier des piquants, venait en bande les cueillir et les manger, sautant par-dessus le fossé pour entrer dans les champs.

L'aïeul sortait chaque jour en calèche ou en cabriolet, coiffé d'un feutre mou de couleur noire. Jadis il avait porté d'autres formes de chapeau, en particulier le melon l'hiver et le panama l'été. Désormais, il ne désirait porter que le chapeau mou, à la manière de l'oncle Manlio, et parfois, en discutant, il le tordait et le roulait entre ses doigts jusqu'à en faire un épi noir, presque plus fin qu'un éventail replié.

Souvent, le grand-père s'en revenait tourmenté, les yeux si chavirés qu'on aurait dit qu'ils regardaient par-delà les gens, et deux sillons marquaient son visage tendu. Alors toute la maisonnée se mettait à parler à voix basse, à marcher sans faire de bruit. « Il a rencontré quelqu'un » disait la grand-mère, et sur son visage qui en silence interrogeait fébrilement celui du vieux, le même tourment s'imprimait.

Paolo comprenait. Quand son grand-père rentrait dans cet état, c'était parce qu'en ville il avait bavardé avec un ami de l'oncle Manlio, quelqu'un qui était allé à l'école ou à la guerre avec lui.

La tête dressée, le visage pourpre et contracté, les yeux scintillants, sa grand-mère semblait dans ces moments-là plus indignée qu'angoissée. « Mais quel est donc ce Dieu ?! » Paolo l'avait-il entendue s'exclamer un jour. « Comme si je ne l'avais pas suffisamment prié ! Et voilà ce que j'ai reçu en échange. Pauvre Manlio ! »

D'autres fois, ses grands-parents s'inquiétaient à cause des Slaves. Partout, on parlait des Slovènes et des Croates, des frontières, de Fiume et de la Dalmatie.

« Mais ces Slaves, ou esclaves, ou *s'ciavi*, qui sont-ils vraiment ? s'enquit Piveroni un après-midi.

– Nos nouveaux ennemis ! s'exclama Borsarelli. Pires que les Autrichiens !

– Mon pote, la prochaine guerre, tu la feras tout seul ! lui cria Tommasone. Et puis qu'est-ce que ça veut dire ? Nos nouveaux ennemis… Tout ça c'est que des mots ! C'est qui "nous", d'abord ? C'est l'Italie ? Mais maintenant qu'on a conquis toutes ces terres, si les Slaves sont ici chez eux, pourquoi ils seraient nos ennemis ? Ici c'est l'Italie, on est bien d'accord ? Alors ils sont aussi italiens que nous et leurs fils feront le service militaire.

– Bien sûr, le fusilla Borsarelli d'un regard haineux, ils n'ont pas de mal à être plus italiens que toi. Laisse tomber, tu pigeras jamais rien.

– Hé *fioi*, du calme ! fit Battiston.

– Slaves ou pas slaves, ce qui compte, c'est les filles, dit Anielluccio. Si elles ont de beaux yeux, ce sont pas des ennemies.

– C'est quoi ces fadaises ! dit Frangisacchi – dont personne n'avait remarqué la présence – en descendant du camion, encore hébété. Si elles sont italiennes là où je pense, il y a qu'une seule chose à faire : "*Présentez armes !*" »

VIII

Avec l'avancée de l'été, Paolo et les soldats allaient se baigner toujours plus loin après Giusterna, le long de la route d'Isola. Cela avait commencé le jour où Anielluccio leur avait dit : « Demain, je vous emmène à la plage avec moi, sur le plus beau site du monde, si beau qu'on se croirait à Naples. » Et il les avait emmenés là-bas avec son camion : Paolo, Borsarelli et Battiston.

C'était bien après les dernières villas, quasi hors du vallon, face à la haute mer ; là-bas, l'odeur du sel poussée par la brise et mêlée au parfum des genêts qui fleurissaient sur le flanc raviné de la colline embaumait le grand large.

Anielluccio devait s'y rendre tous les jours pour décharger une charretée de blocaille qu'il allait récupérer à la gare, devant le portail du domaine. Et comme il devait à chaque fois déverser les graviers cinquante mètres plus avant, ils ne se baignaient jamais au même endroit. Matin après matin, ils se déplaçaient toujours plus vers Isola. C'étaient des écarts de quelques brasses seulement, mais c'était beau d'explorer les alentours de cette façon ; et ce fut plus beau encore quand ils arrivèrent à la « station des calèches », l'endroit où – Paolo se souvenait l'avoir entendu dire – s'achevait jadis la promenade des beaux messieurs : on y faisait faire volte-face aux voitures pour le retour.

Depuis la station des calèches, qui parmi les nombreux coudes de la route était le plus avancé sur la mer, on apercevait les deux petites villes.

À gauche Isola, au ras de l'eau, petite péninsule dense d'habitations dressées dans une conque verte, vert des arbres et des potagers, çà et là interrompu par le rose des cheminées. À droite Capodistria, plus lointaine dans le bleu de son vallon ; mais aérienne, élégante, presque solennelle sous son campanile un peu haut, avec en arrière-plan les formes galopantes des collines et plus loin encore les montagnes violettes. « N'as-tu pas l'impression que ces croupes vertes galopent ? » lui avait dit un jour l'oncle Manlio. Oui, c'était comme si elles galopaient ; et quand le vent rassemblait là-haut des nuages gonflés, blancs et luisants, c'était un autre genre de chevauchée : au-dessus des montagnes, dans les airs.

À regarder et à comparer les deux villes, Paolo était heureux d'être de Capodistria. Il pensait que les habitants d'Isola devaient souffrir, car son campanile était court, ses maisons pauvres, au ras de l'eau, et puis peut-être n'était-ce pas vraiment une ville. Il le pensait sans le dire, pas même aux soldats qui l'accompagnaient, car il savait que cela aurait fait de la peine à tante Pia.

Quand on plongeait son regard dans le bleu, qui vers l'horizon devenait plus intense, presque sombre (certains matins, il était désert, pas un bateau vapeur, pas un voilier), on avait l'impression d'être en pleine mer, au large.

Le large, le grand large ! Il en avait rêvé si fort ces dernières années ! Mais il y avait la guerre, et sous aucun prétexte on ne devait sortir du port. Même pour longer le golfe.

Pourrait-on enfin s'embarquer, maintenant que les Italiens étaient arrivés et que sur la mer on voyait à nouveau des bateaux à vapeur et des voiliers ?

Hisser la voile, partir au large. Il savait déjà où il irait le jour où il pourrait enfin larguer les amarres d'un bateau rien qu'à lui ; mais c'était un secret.

« C'est quoi, demanda un jour Anielluccio, cette falaise blanche qui scintille sur la mer de l'autre côté du golfe, sur le littoral de Trieste ?

– Miramare. Le château.

– Il faut l'avoir vu. Moi, je le connais, ajouta Borsarelli. J'y suis allé avec deux autres soldats pour réparer la lumière électrique. Il était habité par un duc qui était aussi empereur, puis ils l'ont fusillé en Égypte, ou à Cuba, dans le Pacifique, enfin je sais plus où. Auremiano, qu'il s'appelait, je crois. Non, Mariniano. Bon sang, comment il s'appelait ? Ah, ça me revient : Massimiano. Un duc autrichien, parent, à ce qu'on m'a dit, d'un de nos grands-ducs de Toscane. En tout cas, c'est un sacré bel endroit, plein de bosquets : l'endroit idéal pour faire l'amour.

– L'amour, on peut le faire partout ! s'exclama Battiston. L'essentiel, c'est d'être avec une fille.

– Des filles on en trouve partout, si on sait y faire ! répliqua Borsarelli, tandis qu'Anielluccio soupirait en regardant la mer de ses yeux noirs devenus petits et brillants. Des filles, on en trouve toujours, à moins d'être aussi nigaud que Crippa.

– Mais qui vous dit que Crippa est un nigaud ? lança de sa voix profonde Lorusso, un gars des Pouilles qui depuis quelque temps se joignait à eux. Si tu proposes à Crippa de dormir sous les arbres il ne dit pas non, et il éclate de rire, ce qui prouve qu'il en sait long. "Dormir au grand air", qu'il te répond, "ça rend la femme plus femelle et l'homme plus mâle." Et si tu lui dis "Crippa, tu ressembles à un singe", il te dit "plus on est singe et plus on est mâle".

– Et alors ? insista la bouche édentée de Borsarelli. Parler c'est une chose, agir c'en est une autre. Mais peut-être que Crippa ne t'a pas menti : quand il dort au grand air, il se sent chienne ! »

« C'est quoi ces fadaises ! s'était exclamé Frangisacchi sous la pergola, un soir qu'ils parlaient encore de Crippa. Vous avez pas l'œil très aiguisé : Crippa, c'est un curé. »

« D'après moi, avait poursuivi Battiston, un matin à la mer à la station des calèches, alors qu'ils séchaient au soleil les uns à côté des autres sur le talus après le passage du train, moi, je vais vous le dire ce qu'il a, Crippa : la pellagre… vous trouvez pas qu'il a une trogne de pellagre ? »

Tous s'étaient tus. C'était quoi, cette pellagre ?

Battiston s'efforça de l'expliquer quelques jours plus tard, tandis qu'il parlait de sa région.

« Par chez moi, disait-il, il y a la pellagre, et Dieu sait combien de fois elle a détruit des hommes.

– Ça les détruit vraiment ? lui demanda Aniellucccio, le regard angoissé.

– Puisque je te le dis. Ça te détruit un homme.

– Quoi ? c'est quoi qui détruit un homme ? s'enquit joyeusement Borsarelli depuis la route, portant sur le talus la bicyclette avec laquelle il les avait rejoints.

– Ça te détruit, tu comprends ? Et si tu n'es pas déjà chapon, tu le deviens ! répondit d'un air sombre Aniellucccio. Et il se tourna vers Battiston, les yeux exorbités : dis, ici aussi on peut l'attraper la peligre, la pinagre, comment ça s'appelle déjà ?

– Quoi ? Ici, gros bêta, on devient coq si on ne l'est pas déjà ! rit à nouveau Borsarelli.

– Et à quoi on reconnaît, si une gosse… si une fille l'a ? demanda Aniellucccio, les yeux remplis d'angoisse.

– Pourquoi tu parles de fille ? Ça n'a rien à voir ! La pellagre, expliqua Battiston, tu l'attrapes avec la misère, quand tu bouffes de la polenta, de la polenta, toujours de la polenta. Et il y a un signe, les gens de chez moi le savent, qui montre que tu l'as eue. »

Paolo, qui écoutait à demi en jetant des galets dans l'eau, se fit plus attentif, et une ride se dessina entre ses sourcils. Polenta, polenta, polenta…

« Voyez Toni, le maître de Fuga, dit Battiston. Regardez ses poignets. Vous avez remarqué ses taches ? En voilà un qui l'a sentie passer, la pellagre. »

Paolo se souvint de ce que Toni lui avait raconté sur

son village, sur le Frioul, où l'on mange de la polenta, de la polenta, toujours de la polenta. Et il revit les taches brunes et rosâtres de ses poignets.

« Qui, Toni de Fuga ? firent Aniellucccio et Lorusso.

– Moustaches de saint Nicolas ? ricana Borsarelli.

– Oui, lui. »

D'autres fois, à la mer, la conversation portait sur Frangisacchi. À présent, c'était Tommasone qui en parlait.

« C'est qu'il a dû en voir, son matelas ! La Lumia me disait que… »

La Lumia était un Sicilien récemment affecté à l'unité des conducteurs. Il ne savait ni tenir un volant ni ouvrir un capot, personne ne comprenait pourquoi on l'avait balancé là, entre chauffeurs et moteurs. C'était un charretier suspicieux et vigilant ; et taciturne, avec deux yeux qui ne vous lâchaient jamais et lançaient des éclairs depuis les coins sombres où il se postait. Il n'en bougeait pas du matin au soir, bien que personne ne lui en eût donné l'ordre. Il ne faisait rien, mais était toujours là, campé dans les coins – tantôt près de l'écurie, tantôt à la porte de la remise, tantôt sur le muret ou sous les acacias, tantôt appuyé au tronc rugueux de la glycine – avec ses yeux noirs allumés dans l'ombre. Et il n'était jamais tranquille : immobile et taciturne, les yeux étincelants, il semblait toujours à l'affût d'un danger imminent. Dès qu'il avisait un étranger ou une personne qu'il connaissait mal, il devenait encore plus inquiet, s'agitait ici et là, le regard acéré, retournait sur ses pas puis recommençait ses allées et venues ; parfois, une voix qui se rapprochait suffisait à le mettre dans cet état. Il craignait pour les moteurs, pour les bâches, pour les outils rangés dans la remise, pour les affaires que ses camarades y avaient laissées ; il craignait pour la calèche, pour les harnais, pour Fuga, pour les balais les étrilles les brosses et les seaux de Toni ; il craignait – disait Borsarelli – même pour les troncs des acacias, que quelqu'un pourrait vouloir couper, et pour les boules de verre fixées sur la pergola. Chaque jour il découvrait quelque chose de nouveau à ajouter à ses craintes.

Si quelqu'un venant de la grande allée passait le petit portail qui donnait sur la terrasse, La Lumia bondissait aussitôt devant lui (non, pas devant : sur le côté, ou derrière).

« Qui tu es, toi ? Tu cherches quoi ? Allez file ! »

Et si l'inconnu protestait « Je suis soldat aussi », La Lumia prenait un air sombre et solennel : « Ici c'est la demeure d'un gentilhomme. File ! »

Au début, il lui arriva de chasser aussi, déchaînant les aboiements des chiens, les fermiers venus des autres domaines du grand-père avec charrettes et paniers.

« La Lumia me disait, poursuivit Tommasone de sa voix grave presque pareille à celle de Lorusso, qu'il y a quelques jours il a vu Lupo nettoyer de nouveau son matelas… »

Il se tut. Paolo, sans le montrer, se penchait en avant pour ne rien perdre de la conversation. « C'est du sang, vous vous rendez compte ! poursuivit Tommasone en ricanant. Encore du sang. Quelle canaille, ce Lupo ! »

Paolo écoutait les yeux exorbités. Qu'est-ce qu'il avait fait, Frangisacchi ? Il ne tarderait sûrement pas à le savoir.

Mais Borsarelli ricassait :

« Ah parce que vous y croyez !

– Puisque La Lumia l'a vu !

– Personne ne dit le contraire : il l'a vu en train de nettoyer. Mais quel genre de tache ? Qu'est-ce qu'il en sait, La Lumia ?

– Mais ça se sait…

– Et on sait quoi ? répliqua, en bavant, la bouche édentée de Borsarelli. Frangisacchi, Frangisacchi, toujours Frangisacchi. Et puis Lupo, Lupo et encore Lupo. Bande de jobards. Pour moi, s'il y a un tocard parmi nous, c'est bien ce fils de tondeur de moutons qui joue les grands citadins. Du sang, vous dites ? Ça doit être les humeurs de son postérieur ; ou alors c'est du sang de nez. »

Paolo sentait sa gorge se nouer : encore une fois, tout lui échappait. Il ne comprenait pas ; et il n'osait pas poser de questions par crainte qu'on ne voulût rien lui révéler, ou que l'on évitât par la suite ce genre de conversation en sa présence. Il se taisait, afin qu'ils parlassent comme s'il n'était pas là.

Mais ils n'en dirent pas plus.

« C'est lui qui devrait se laver ici à la mer, se limita à ajouter Borsarelli, au lieu de laver son matelas ! Mais vous l'avez déjà vu dans l'eau ? Monsieur préfère "le bain sec". S'il plongeait, j'en mets ma main à couper, il se noierait comme un dindon ! »

Puis ils parlèrent d'autres choses qui n'intéressaient pas Paolo. Ils parlèrent de filles, et de comment elles étaient faites. « Elle, tu la connais ? Tu as vu ses jambes ! Et elle, tu la connais ? Tu la connais vraiment ? Comment elle est ? » Pendant qu'ils bavardaient, serrés les uns contre les autres, et qu'ils riaient, Paolo retournait se baigner, plongeait, nageait, grimpait sur les rochers qui affleuraient à quelques brasses de la terre ; il y restait un peu, les pieds dans l'eau, puis plongeait et nageait à nouveau.

Un jour, en sortant de l'eau, il les retrouva en train de parler de la même chose : de filles.

Mais cette fois, il fut intrigué et amusé par les propos de Borsarelli :

« Enfin bref, quand on arrive quelque part, nous les Italiens (on se disperse un peu partout, dans chaque cour, dans chaque jardin), les filles n'ont plus rien à sauver. Elles peuvent toutes… ben quoi, c'est pas vrai ? elles peuvent toutes – et cela amusa beaucoup Paolo qui éclata de rire – enlever tout de suite leur culotte ! »

L'*ardito* poursuivit, tandis que Paolo riait de plus en plus fort.

« Moi, si j'étais colonel, je te les ferais mettre en rang, toutes celles qui sont bien roulées avec des nichons bien fermes, là sur la colline. Je les mettrais toutes en rang là-bas, dans la prairie, et les filles de pêcheurs aussi, qui ont le cul bien rond ; et "*garde-à-vous !*" Je te leur ordonnerais d'enlever leur culotte sur-le-champ ! »

Battiston, Tommasone, Lorusso et Anielluccio riaient en se donnant des tapes et criaient : « … *à-vous !* »

« Bruna, j'aimerais bien l'y voir ! » criait l'un.

Et les autres :

« Moi, Nerina !

– Moi, Lucia la jeune !

– Et moi ta fiancée !

– Toutes sans culotte ! beuglait Borsarelli en s'étouffant de rire. Comme ça elles seraient prêtes. »

Ce jour-là en rentrant, Paolo croisa devant la porte de la maison la servante slovène qui aidait en cuisine, Draga ; il se jeta sur elle et serra ses bras autour de sa taille en criant :

« Enlève ta culotte ! »

Draga se libéra, le visage en feu ; puis elle se mit à rire, et ses yeux verts étincelaient.

« Allez, enlève ta culotte ! enlève ta culotte ! Comme ça tu seras prête », cria Paolo, heureux, répétant la phrase de Borsarelli.

Draga se tourna pour fuir son regard et glissa vers l'intérieur de la maison.

« Qu'est-ce qui te prend ? l'entendit-il dire à mi-voix.

– Enlève ta culotte, ordre de Borsarelli.

– Qui c'est Borsarelli ? c'est ce…

– C'est le nouveau colonel. »

Le lendemain, à la mer, Paolo raconta tout aux soldats ; ils s'amusèrent et s'animèrent encore plus que la fois précédente.

Seul Borsarelli restait songeur.

« Draga, c'est bien ça ? se raviva-t-il. Ça fait longtemps

que je la regarde. Quelle belle plante ! Elle a des petits nichons qu'on dirait deux pêches ! Et de ces yeux ! On voit qu'elle a envie qu'on lui passe dessus. Elle sourit tout le temps ! »

Passer dessus : à nouveau, Paolo ne comprenait pas, mais il ne voulait pas poser de question. D'autres mots qu'il avait entendu prononcer par les soldats lui revinrent en mémoire : lupanar, filles-chiennes ; il se sentait angoissé, et grâce à cette angoisse, c'était un peu comme s'il comprenait. Il repensa alors à Draga telle qu'il l'avait vue en train de se peigner un dimanche, dans sa chambre en mansarde, tout en discutant avec l'autre fille, Dora, qui fumait en combinaison sur son lit dans la petite pièce à côté. Draga était nue, elle ignorait qu'il était là, debout derrière la porte vitrée. Et il regardait la partie qu'en lui tournant le dos elle lui montrait entièrement : elle était ronde, belle et large, plus large que ce qu'il avait déjà vu chez les garçons et les soldats. Elle était toute blanche, Draga, et juste un peu rosée à l'endroit où elle semblait faite de deux pommes réunies ; par contre, ses mains, ses coudes et ses talons étaient rouges.

Il fut sur le point de le raconter aussi à Borsarelli et aux autres ; mais il sut se taire.

Passer dessus. Il espérait que les soldats la déshabilleraient tout entière, Draga, pour lui faire qui sait quoi ; et il revoyait sa partie ronde et large que sans le savoir elle lui avait montrée si longtemps. Et il brûlait d'être avec les soldats le jour où ils lui passeraient dessus. Elle serait heureuse, pensait-il, puisqu'elle souriait toujours et en avait envie.

IX

Ils rentraient à Semedella après que le vaporetto avait doublé Punta Grossa ; il était à peine visible, et si blanc, sur les bavures argentées qui en ces journées chaudes et paisibles striaient la mer.

« Pousse-toi, cafetier ! » lançait parfois Borsarelli à Anielluccio, qu'il écartait d'un coup de coude au moment de monter en voiture ; et il se mettait au volant à sa place.

Ils étaient si insouciants, ces matins-là, qu'ils oubliaient quelquefois de décharger les graviers ; en remontant dans le camion, au retour, ils s'étonnaient de les voir encore dans la benne.

Cheveux au vent, sa bouche effrontée grande ouverte, Borsarelli, qui avait appris à conduire on ne savait où et quand, faisait décoller le camion – il adorait cette expression ; et on décollait vraiment, cahotant dans les ornières et les trous, tressautant sur les graviers que les roues envoyaient gicler de tous les côtés (on entendait les cailloux rebondir sur le plancher du véhicule, avec des coups secs de fronde).

En conduisant, Borsarelli chantait presque tout le temps.

Souvent c'était une chanson que lui seul, de tous ces planqués de chauffeurs et de télégraphistes, avait le droit d'interpréter :

Quand vous entendrez cette chanson
Ouvrez, ouvrez vos maisons…

Sa voix s'élevait et s'amplifiait comme s'il voulait défier quelqu'un ; son visage était cramoisi et des veines battaient sur ses tempes.

Quand vous entendrez cette chanson
Ouvrez, ouvrez vos maisons
Les fiers arditi à grands pas
Marchent vers le trépas !

Mais le plus souvent, c'était une autre chanson, toujours un air de soldat (Paolo l'entendait parfois du matin au soir dans le domaine : c'était tantôt la voix de l'un, tantôt celle de l'autre) ; et cette chanson ressemblait aux discours qu'ils avaient tenus un peu plus tôt sur la plage.

Je voulais bécoter ses cuissottes
Mais elle me dit que nenni
Mais elle me dit que nenni
Par-dessus il y a ma culotte
Embrasser c'est interdit
Embrasser c'est interdit.

La voix coulante et un peu aigre de Borsarelli, jetée dans le vent par-dessus le vacarme de la course, énumérait toutes les parties qu'il voulait embrasser, mais la fille répondait toujours non, car qu'il y avait toujours quelque chose pour l'en empêcher.

Embrasser c'est interdit
Embrasser c'est interdit.

Quand il était au volant, Anielluccio chantait aussi. Mais cela n'avait rien à voir. D'abord parce qu'on ne roulait pas avec autant de fougue ; quand Anielluccio conduisait la course était légère, modérée, sans aucun cahot, avec de petits abandons dans les ornières, presque moelleux ; avec des élans soudains parfois, mais souples, tantôt longs, tantôt vite maîtrisés. On n'avait pas l'impression qu'Anielluccio adaptait son chant à l'allure, comme Borsarelli ; il semblait plutôt faire suivre au camion le rythme de sa chanson. C'était un chant totalement différent de celui de l'*ardito* ; un chant porté par une voie aiguë et limpide, qui hésitait puis s'abandonnait, par moment, comme une voix de jeune fille.

Que c'est beau de faire l'amour,
Qui l'ignore a le cœur sourd.

Ou alors :

Tourne, danse, petite, l'amour
Est le seul plaisir ici-bas.

Celle-ci semblait sa chanson préférée. Anielluccio la reprenait, la déroulait, l'abandonnait pour une autre ; puis l'entonnait à nouveau.

Quand je te vois, petite, toujours
Mon cœur fait boum boum tagada.

Pour conclure à chaque fois par :

L'amour
Est le seul plaisir ici-bas.

Ils roulaient drôlement bien, les camions italiens, presque comme des véhicules de promenade ; rien à voir avec ceux des Autrichiens, plus grands et plus lourds, avec des roues en fer, sans pneus, et qui en traversant les villes faisaient vibrer le pavé et trembler les vitres des fenêtres.

Quand Anielluccio trouvait que Borsarelli faisait trop sprinter et cahoter le camion :

« Par saint Janvier, disait-il, tu vas me le bousiller !

– Pourquoi tu tiens tant à le ménager ? intervenait la voix grave de Lorusso, qui était installé derrière eux, dans la caisse, et regardait la route à travers une ouverture dans la bâche. Pour une autre guerre ? Mieux vaut le bousiller. »

Et quand le camion, une fois arrivé à Semedella, s'apprêtait à passer le portail :

« Laisse-moi descendre, disait Borsarelli d'un air renfrogné, je n'ai pas de quoi fumer. »

Puis il se dirigeait vers le buffet de la gare, qui faisait aussi comptoir à tabac.

« Hé, Borsa ! lui cria un jour Tommasone. Comment ça marche tes petites affaires ? Elle te donne des cigarettes et toi, tu lui offres ton cigare ? »

Paolo ne comprit pas ce que Tommasone voulait dire, mais il se souvint de cette phrase ; il lui sembla commencer à comprendre la fois où il s'aperçut qu'à la même heure, Draga descendait elle aussi au buffet pour acheter du sel ou des allumettes.

Ainsi se déroulaient les matinées de Paolo à la mer avec les militaires. Il observait et écoutait, pendant des heures ; parfois, en songeant à toutes les grosses bêtises qu'il avait faites l'an passé, il s'étonnait d'être devenu subitement aussi sage. Mais ce n'était pas lui qui l'avait décidé. Il changeait.

Un jour qu'il passait avec son slip de bain à la main devant la tourelle qui jadis servait de pigeonnier, une voix l'appela.

« Norma ! » répondit-il.

La fillette était là-haut, elle le regardait depuis une des fenêtres ovales.

« Pourquoi tu ne viens jamais te baigner avec moi ? Tu viendras ? lui dit-elle.

– Si tu veux. »

Les yeux de la fillette étaient joyeux.

« Je n'aime pas y aller toute seule. Si tu me montres, j'apprendrai à nager. »

Elle était descendue de la tourelle et ils cheminaient ensemble.

« Et ton maillot de bain ? lui demanda Paolo.

– Je n'en ai pas. Je me baignerai avec ma robe. Après, elle séchera. »

Avec Norma, Paolo allait se baigner aux salines, où personne ne pouvait les voir. Elle emmenait parfois Eros le chien, tout fou et tout noir, couvert d'un épais pelage bouclé qui sûrement le faisait souffrir l'été.

Paolo avait honte de se montrer avec elle, une fillette, plus jeune que lui de surcroît ; surtout devant les soldats.

Mais un jour Anielluccio dit une phrase qui l'étonna :

« Je t'ai vu avec Norma. En voilà une qui deviendra une vraie fleur ! » Puis il posa l'index et le majeur sur ses lèvres et fit claquer un baiser en l'air.

X

Sous la pergola, c'était la routine habituelle. À une certaine heure, sa toilette de l'après-midi achevée, Frangisacchi montait dans le camion ; Piveroni, jambes écartées devant le radiateur (les jambes, il les avait courtes, grosses, et ridicules), donnait quelques coups de manivelle avant de monter à son tour, puis il se mettait au volant et ils partaient.

« Lupo s'en va faire le joli cœur, souriait Battiston.

– Il en a de la chance d'avoir des airs distingués ! soupirait gravement Tommasone.

– Ouais, Frangi est beau gosse, lançait l'autre voix grave, celle de Lorusso, mais Pivero est un sacré malin. Pivero, ça fait longtemps qu'il l'a doublé. »

Puis tous s'en allaient en groupe, et à l'ombre il ne restait que La Lumia, pour qui il n'existait pas, semblait-il, de permission de sortie.

Un soir, Paolo surprit Toni en train d'astiquer les ornements en argent d'un harnais. Sur un tréteau peint en vert, il avait placé une bride, une bricole et un collier, et il passait et repassait une peau de charme, comme il l'appelait, sur les monogrammes, les boucles et les clous.

« C'est pour le monsieur qui arrive demain, s'exclama-t-il en apercevant Paolo. Cette fois, mon petit Polin, dit-il en interrompant son travail pour le regarder droit dans les yeux, et ses grosses moustaches blanches tressaillirent, il faudrait un attelage à deux chevaux, comme avant-guerre.

– Pourquoi ? Qui vient ?

– Un ami du maître. Un monsieur de la Grande Propriété.

– De la Grande Propriété ? C'est quoi ? » demanda Paolo, tandis que sa ride réapparaissait entre ses sourcils.

Toni le lui expliqua en caressant ses moustaches.

Les messieurs de la Grande Propriété possédaient des terres si vastes que pour en faire le tour, il fallait non pas des heures mais des jours ; et c'étaient des messieurs au-dessus desquels il n'y avait personne.

« C'est un ami de grand-père ? demanda Paolo.

– C'est un vieil ami.

– Comment ça se fait ? ils étaient ensemble à l'école ?

– Je ne sais pas. Mais entre eux, on voit qu'ils sont amis. Le patron les connaît tous, ces quatre ou cinq…

– Grand-père aussi… osa Paolo, sentant monter en lui une sorte d'angoisse, fait partie de la Grande Propriété ?

– Évidemment ! Ça alors mon Polin ! Tu ne savais pas que le patron est un monsieur de la Grande Propriété ? Comment veux-tu que quelqu'un comme lui n'en soit pas ! »

Paolo faillit sauter de joie.

Il voulut tout savoir, tout de suite. Les grandes terres de son grand-père (souvent, avant l'arrivée du chemin de fer, Toni le conduisait là-bas en calèche) se trouvaient à un endroit dénommé Torre, près de Parenzo ; son grand-père possédait aussi des terres en Dalmatie, sur une île où vivait une autre de ses filles, qui était mariée, et l'oncle qui avait apporté Falco en cargo, c'était son mari.

Torre : pour Paolo, ce nom était familier, il l'entendait sans cesse à la maison ; mais il ne savait pas, personne ne le lui avait dit, que son grand-père était de la Grande Propriété et que le domaine de Torre était si vaste que pour en faire le tour, il fallait non pas des heures mais des jours. Il n'aurait jamais imaginé une chose pareille, d'autant que sa grand-mère disait souvent, avec cette façon de se fâcher qui la faisait paraître indignée : « Torre n'est pas rentable ; on n'arrive pas à s'en occuper, c'est trop loin. Il faut vendre Torre.

– Non, répondait le vieux, en dressant la tête. Pas question de le vendre. Torre doit rester à qui viendra après moi », et il regardait Paolo.

« Il est si grand que ça, ce domaine ? insistait Paolo auprès de Toni. Combien de fois plus grand que celui-ci ?

– Tellement de fois que c'est trop difficile à dire. Mais pourquoi tu ne demandes pas à Dora ? Elle est de là-bas. »

Mais c'est à son grand-père qu'il en parla.

Le vieux s'illumina, comme si cela lui faisait plaisir que son petit-fils commençât à s'intéresser à ces choses-là.

« Oui, dit-il, il est très grand. Mais tu le verras bientôt. La prochaine fois que j'irai à Torre, je t'emmènerai. »

Et il lui expliqua aussi, lentement, ce qu'était vraiment la Grande Propriété. « Au temps de l'empereur, il y avait des citoyens qui payaient, pour leurs propriétés, une grosse somme chaque année, appelée impôt : une somme qui était... Combien de fois ? Cent, peut-être deux cents fois plus élevée que celle que payaient les autres. Ceux qui payaient ces gros impôts, ou *steure*, formaient, dans chaque province, la Grande Propriété, et ils avaient le droit d'élire leurs propres représentants, c'est-à-dire des députés, au parlement. Le parlement c'est...

– Je sais ! Je sais ! cria Paolo.

– Ici chez nous, on était à peu près une centaine à faire partie de la Grande Propriété, conclut le grand-père. Et on se connaissait depuis toujours. »

Le jour où arriva le monsieur de la Grande Propriété, Toni était joyeux et fringant. Dieu sait à quelle heure il s'était levé pour étriller et préparer Fuga de la crinière aux sabots, pour laver, graisser et lustrer la calèche ; il était rasé de frais et avait l'œil vif.

Et il ne cessait de courir partout.

« Il aurait fallu sortir la victoria ou la jardinière. Moi, je l'ai proposé au patron, mais il n'a pas voulu, dit-il à Paolo.

– Quoi ? fit Paolo. La victoria ou la jardinière ? Alors elles existent encore !

– Et comment ! s'écria Toni. Elles sont toujours en ville, où on les a cachées quand la guerre a éclaté. L'homme à qui on les avait confiées était parti, mais il a fini par rentrer. Les voitures sont toujours là. Elles y sont toutes ! Mais on ne peut en ramener aucune, même pas une ou deux, tant que la remise est occupée par les militaires. "Où veux-tu les mettre ? Tu les laisserais dehors, sous la pluie et le soleil ?" m'a dit le patron. "Tant qu'il y aura les soldats, il faudra se contenter de la calèche et du cabriolet", qu'il m'a dit. »

Le monsieur de la Grande Propriété arriva : il était petit et maigre, non pas grand et majestueux comme l'avait imaginé Paolo ; et il était accompagné de l'oncle Marco, que Paolo n'avait pas vu depuis longtemps. « Aujourd'hui on mange dans la salle Anténor ! » s'était exclamé le grand-père en allant à leur rencontre. Le déjeuner fut interminable (ce ne fut que bien des années plus tard que Paolo découvrit l'origine de cette expression « manger dans la salle Anténor » et sa signification : déguster des mets raffinés).

Qui aurait pu imaginer que ce jour-là deviendrait pour Toni un des plus horribles de sa vie ?

Dans l'après-midi, en s'approchant de la remise – la grand-mère avait déjà envoyé Draga dire à Toni d'atteler la calèche pour raccompagner l'invité – Paolo vit tous les soldats rassemblés en cercle, avec Frangisacchi au milieu, qui s'agitait.

« Troupier de François-Chaussette d'Autruche ! hurlait-il. Cocher de corbillard ! Réveille-toi ! »

Paolo les rejoignit le cœur battant.

« Ça, c'est pour les sept années de terre ! criait Frangisacchi, et une gifle claqua. Et ça, pour les sept années de mer !

– Espèce de lâche ! » cria Paolo en voyant à nouveau

se lever le bras de Frangisacchi. (Depuis quelques jours, il le détestait. « Vous parliez quelle langue avant qu'on arrive ? Slave ou autrichien ? » lui avait demandé Lupo en ricassant. « Mais nous sommes italiens ! On a toujours parlé italien ! » avait hurlé Paolo, furieux. Et une autre fois : « Alors, maintenant que l'Autriche est tombée, ça vous avance à quoi ? » l'avait provoqué Lupo. « Ah oui, c'est vrai, maintenant vous êtes "libérés" et plus "opprimés" ! Il vous tardait, hein ! »)

Toni était là, au milieu, le visage pâle, affaissé. Personne ne le défendait ; au contraire, tous semblaient l'empêcher de bouger. Qui sait depuis combien de temps Frangisacchi le malmenait !

En regardant mieux, Paolo comprit. Tandis que Frangisacchi hurlait et le frappait, Anielluccio et Battiston soutenaient Toni par les aisselles et Lorusso tenait un seau à la main ; le cocher ruisselait, l'eau coulait sur sa veste et son gilet à la chaîne d'argent, et son visage était de la même couleur que ses moustaches : blanc.

« Non mais tu plaisantes ? s'était retourné Frangisacchi, dont le visage sec était devenu cramoisi en s'entendant traiter de lâche. Je fais ça pour le réveiller. Tu as vu dans quel état il est ? »

Était-ce parce que l'ami du grand-père lui avait donné – à son arrivée, en descendant de calèche – un gros pourboire avec lequel il avait filé au buffet dans l'après-midi ? Était-ce parce qu'il avait trouvé le moyen de faire remplir son verre de vin qui sait combien de fois par Draga ou Dora pendant le déjeuner ? Toujours est-il qu'au moment d'atteler la jument pour raccompagner l'invité, on avait retrouvé Toni complètement ivre dans l'écurie, étendu entre les pattes de Fuga.

Pourvu que grand-père et grand-mère ne le sachent pas, pensa aussitôt Paolo.

On pouvait sauver la mise en faisant conduire La Lumia, qui était charretier ; ou Battiston, qui étant paysan connaissait les chevaux et se proposait de remplacer Toni.

La Lumia attela Fuga à la va-vite ; Battiston, qui avait troqué sa veste militaire contre celle de Toni (« *Ostrega* ! s'était-il exclamé en plissant sa nuque, on dirait la veste d'un noyé ! »), s'apprêtait à monter sur le siège de cocher quand tout tomba à l'eau. Les grands-parents de Paolo sortirent pour accompagner leur ami et l'oncle Marco jusqu'à la voiture et, voyant Battiston le fouet à la main et les autres soldats regarder la scène un peu à l'écart, ils comprirent.

Sur le siège on fit monter Momi, le fils aîné du fermier Bepi, celui qui avait été prisonnier en Russie ; car un militaire, dit le grand-père en serrant la main de Battiston, ne peut prendre le risque de se faire surprendre au service d'un civil. Dès que la calèche fut partie, Toni fut licencié sur-le-champ. A-t-il compris ? se demandait Paolo en le rejoignant à l'écurie. Ou bien est-il trop ivre pour…

Il le retrouva à quatre pattes en train de sangloter dans la stalle de Fuga, le visage dans le foin. Il était ivre mort, mais il avait compris ; et dans son ivresse, de plus en plus angoissée, sa mésaventure devait lui sembler encore plus cruelle.

On en eut la confirmation plus tard quand, ayant trouvé par miracle la force de se relever, il sortit en titubant de l'écurie et cria :

« Me voilà, me revoilà ! et il faisait des gestes comme s'il voulait écarter quelqu'un. Le cocher, c'est moi ! Où est Fuga ? Je suis le cocher de cette maison depuis dix-huit ans. J'ai attendu que la guerre finisse et je suis revenu. Où est Falco ? Où est la calèche ? » Chancelant, il ne cessait de se retourner pour regarder alentour. « Je veux rester le cocher de cette maison jusqu'à ma mort ! Je l'ai promis à saint Antoine, quand je lui ai demandé… »

C'est alors qu'en cherchant sa veste, il trouva celle de Battiston et l'enfila ; ainsi vêtu, avec cette veste militaire décorée d'étoiles, il continuait à crier que le seul cocher de Semedella c'était lui et qu'il le resterait jusqu'à la fin de ses jours.

Cette nuit-là, Paolo eut du mal à s'endormir. Il revoyait sans cesse Toni dans cet état, avec sa veste de soldat. Puis il le voyait s'en aller avec son balluchon, et ensuite faire l'aumône.

Son angoisse grandit, il lui fut impossible de trouver le sommeil ; elle grandit encore, si bien qu'il voulut se lever pour réveiller son grand-père. « Ne chasse pas Toni, lui dirait-il. Il a eu la pellagre, et la pellagre ça vous détruit un homme. »

Que venait faire la pellagre dans cette histoire ? Il ne savait pas vraiment ; pourtant, il y avait un rapport. À ce moment-là, entre veille et sommeil, Paolo était certain, il le sentait, que cette maladie avait un rapport avec la disgrâce de Toni.

Plus tard, un sentiment de colère contre son grand-père l'agita. Il n'aurait pas dû renvoyer Toni ; pourquoi était-il aussi méchant ? Et il se retrouva soudain dans le champ sous la terrasse, une pierre dans sa main levée, comme cela s'était passé il y a longtemps, quand il était petit. « Viens à table », lui avait dit le grand-père qui était descendu le chercher. « Va-t'en, va-t'en, avait-il crié, ou je te fracasse la tête ! » et il avait failli lancer la pierre.

Si grand-père le renvoie, je m'en vais aussi. Je ne resterai pas ici, je m'enfuirai de la maison, fut sa dernière pensée avant de s'endormir.

Le lendemain, il se réveilla plus tard que d'ordinaire. Immédiatement, la crainte l'assaillit que Toni fût déjà parti, sans qu'il eût la possibilité de tenter quelque chose pour lui.

Non, il était encore là. Il le sut par Draga.

Mais tout semblait tellement plus difficile, de jour. Toni avait bu, il s'était soûlé, et comment ! Qui plus est, le jour où le monsieur de la Grande Propriété était venu.

Toni n'avait pas tenu sa promesse, il avait fait honte à ses grands-parents : résultat, il était renvoyé. À quoi ça servirait de dire à son grand-père qu'il avait eu la pellagre ?

Paolo désespérait ; et plus il désespérait, plus il devenait furieux, comme l'an passé.

C'est alors qu'un événement totalement inattendu se produisit.

Après le déjeuner, comme le vieux se reposait à l'ombre dans son fauteuil en osier près de la table ronde en pierre devant la maison, et que Paolo, le cœur tressaillant, cherchait le moment propice pour lui parler, on entendit des murmures et des piétinements du côté de la pergola. Un groupe en gris-vert avançait comme un seul homme ; et là-haut, sur leurs épaules, il y avait Toni.

Paolo éprouva d'abord un élan de joie et de gratitude envers les soldats : ils allaient intercéder auprès du grand-père ! Ils allaient sauver Toni !

Mais il se rembrunit aussitôt. Battiston, Aniellucio, La Lumia et tous ceux qui portaient et accompagnaient Toni n'avaient pas été, hélas, très malins : ils ne s'étaient pas aperçus que Toni (qui à l'appel n'était même pas venu manger en cuisine) était à nouveau ivre.

Perché là-haut, petit et cocasse avec ses moustaches tachées de bleuâtre, il n'était pas du tout angoissé comme la veille ; était-ce à cause du vin qui ce jour-là produisait un autre effet sur lui, ou parce que ça ne lui déplaisait pas d'être porté de la sorte, comme en triomphe ? Toujours est-il qu'un sourire errait sur ses lèvres et que ses petits yeux – plissés dans un perpétuel clignement de paupière, comme toujours quand il avait bu – lançaient des éclairs joyeux, presque malicieux.

Aïe ! pensa Paolo. Si grand-père s'en aperçoit, c'est fini. Ils auraient dû laisser Toni à l'écurie et venir sans lui.

Il désespéra davantage quand le groupe fut devant le grand-père et que Battiston fit signe de vouloir parler.

Surtout pas Battiston ! Bat – comme l'appelaient ses camarades – avait un grand cœur, ça oui, mais il parlait simplement, sans fioritures, en intercalant sans cesse des « *Ben, ben, go caro* ». Pourquoi ne pas faire parler Anielluccio, qui lui savait dire plein de choses et avait la « parole facile », comme il l'affirmait lui-même ? Bien sûr, il valait mieux ne pas solliciter Frangisacchi, qui la veille avait été si preste à gifler Toni « pour le réveiller », d'ailleurs il ne s'était pas mêlé au groupe, contrairement à Piveroni. Lupo était resté seul dans un des recoins préférés de La Lumia, sous le grand acacia, et de là il observait : de temps à autre on le voyait hausser les épaules, et ses lèvres fines formaient une grimace sous son nez crochu.

Battiston parla, au grand désespoir de Paolo ; mais il resta aussitôt bouche bée, et son visage, crispé quelques instants auparavant, s'éclaira. Battiston fut bref. Paolo avait compris, avant même qu'il eût terminé, que personne au monde n'aurait pu parler à son grand-père mieux que lui.

Battiston n'avait prononcé que deux phrases qu'il sut dire, avec son accent vénitien, mieux que tout autre :

« Ne chassez pas Toni, Monsieur le député ! C'est l'armée italienne qui vous le demande. »

Il n'avait pas terminé qu'on entendit un frottement, puis un léger grincement sur les dalles : c'était le fauteuil en osier que le grand-père écartait en se levant d'un coup. Son visage s'était tendu. D'un pas rapide, manquant de trébucher, il gagna la porte et disparut à l'intérieur de la maison.

« Bien sûr, bien sûr, mes garçons ! » avait-il répondu.

Paolo avait détourné le regard, car il n'aimait pas voir son grand-père pleurer.

L'aïeul s'était précipité dans les combles, où il avait un bureau en soupente qui donnait sur le petit bois derrière la maison ; là – Paolo le savait, cela s'était déjà produit plusieurs fois – il resterait jusqu'à l'heure du dîner, à relire les cartes postales et les lettres de l'oncle Manlio.

Après avoir déposé Toni à terre, les soldats s'éparpillèrent, qui dans la remise, qui sous la pergola.

« Tu en penses quoi ? Tu crois qu'il ne le chassera plus ? demanda Battiston à Paolo.

– Non, plus maintenant.

– *Go caro.* »

Toni ne fut pas renvoyé. Pourtant, quand les soldats étaient intervenus en sa faveur en le portant sur leurs épaules, le grand-père s'était aperçu qu'il était à nouveau éméché ; mais il se chargea lui-même de l'excuser : si Toni avait bu encore, c'était parce qu'il était désespéré d'avoir été licencié.

Quelques jours plus tard, Paolo s'empressa de raconter à son grand-père ce qu'il avait entendu dire par les soldats : Toni avait été enivré, on avait mis de la cendre dans son vin, par certains paysans qui voulaient lui « faire une blague ». Pour rire encore plus fort dans son dos (ainsi disaient les soldats, qui semblaient savoir qui étaient ces paysans), ils lui avaient joué ce sale tour le jour même de la venue du monsieur de la Grande Propriété.

« C'est possible », fit le grand-père d'un air sérieux.

Vrai ou pas, le seul à ne jamais reparler de ce jour fut Toni (lequel garda l'amitié des soldats, qui désormais cherchaient toujours à le défendre). Paolo remarqua aussi qu'on ne pouvait plus évoquer la Grande Propriété sans qu'il se troublât ; ses yeux devenaient aussitôt inquiets, ils fuyaient tous les regards, y compris le sien.

XI

Par chance pour Toni, le hasard voulut que se produisît à la même période, au plus fort de l'été, tout une série d'évènements. On ne parla plus de lui ni de sa cuite, ni en famille ni à l'extérieur ; on parla tour à tour – à la maison, dans les cours de ferme, et partout où il y avait des soldats – de Crippa, de Piveroni, à nouveau de Crippa, puis de Draga, et encore de Frangisacchi et de Piveroni ; ces derniers firent une chose si terrible qu'on ne pensa à rien d'autre tant que les soldats restèrent à Semedella. Et même après leur départ, les paysans mais pas seulement, continuèrent à en discuter pendant des années.

Un après-midi – ce devait être un jeudi puisque la tante Pia était là – Crippa apparut un seau à la main en haut de l'escalier à moitié enfoui dans les arbustes à feuilles persistantes qui, de l'allée du puits, menait à la terrasse, face à l'entrée de la maison. La grand-mère et la tante Pia étaient assises devant la table en pierre, sans rien dire. La tante Pia tenait un livre de prières, on voyait ses lèvres bouger ; son visage un peu pâle, tirant sur le jaune, semblait soucieux, voilé et, comme toujours quand elle priait, truffé de petites rides. « Tout à l'heure je t'aiderai », avait-elle dit à la grand-mère qui équeutait une bassine de salade.

Crippa apparut donc en haut de l'escalier, un seau et un balai à la main ; il se planta jambes écartées face à elles, entre deux arbustes verts taillés en forme d'ombrelle, brandit le balai et cria : « Vive le socialisme ! »

« Qui est-ce ? » sursauta la tante Pia, qui en se tournant vers la grand-mère d'un air interrogateur serra son livre de prières à deux mains, comme si elle s'y agrippait.

La grand-mère ôta ses lunettes et dévisagea Crippa en levant le menton.

« Et pourquoi ?

– Parce que c'est le socialisme qui a sauvé mon village. »

Ce que Crippa tenta d'expliquer par la suite fut impossible à comprendre. Il parla de son village, de son village et encore de son village, qui était dans le Piémont, sous les montagnes ; et des socialistes et de son village, puis des socialistes encore, et des chrétiens assassins, et de la terre qui appartient à Dieu, et tout le monde devrait devenir socialiste, disait-il.

« Mais ce n'est pas vous, Crippa, l'interrompit assez violemment la grand-mère, qui criiez vive l'anarchie ?

– Si, je crie vive l'anarchie parce que je suis socialiste. Vive l'anarchie ! Et il brandit à nouveau le balai, qui était en jonc.

– Mais c'est le balai de Toni ! s'offusqua la grand-mère en reconnaissant un des balais de l'écurie que Toni fabriquait lui-même. Et le seau aussi ! »

Crippa alla restituer seau et balai, puis il repassa devant la maison et écarta les bras en criant :

« Demain, je pars en permission. Je vais revoir mon village. Vive la liberté !

– Il est ivre », commenta la grand-mère qui cette fois s'était contentée de lever les yeux au-dessus de ses lunettes sans les ôter.

Le lendemain, Crippa s'en alla vraiment. Et les jours qui suivirent, on ne parla que de lui.

On disait que pour arriver propre au village il avait plongé sa veste dans le seau que lui avait prêté Toni et l'avait frottée avec le balai de l'écurie, plein des excréments de Fuga. Et on disait aussi qu'il avait rempli ses poches de *pomele* pour ne pas avoir faim dans le train.

« Crippa se nourrit exclusivement de *pomele*, répétait-on à l'envi. Il refuse la soupe et se nourrit de *pomele*.

– C'est vraiment un chapon, dit quelqu'un.

– S'il se nourrit de *pomele*, ajouta Borsarelli, je dirais que c'est un chapon pommelé. »

Durant ces jours-là, ce fut le surnom de Crippa. Partout on parlait du chapon pommelé, et on en aurait parlé jusqu'à la fin de sa permission si un événement ne s'était produit qui fit que Frangisacchi faillit tordre le cou à Piveroni.

Un après-midi qu'il avait plu à verse, Frangisacchi, en manque de cigarettes, envoya Piveroni lui en chercher. Celui-ci monta dans le camion avec Tommasone quand les arbres et la pergola gouttaient encore et qu'au loin, contre les montagnes violettes, se dessinait un arc-en-ciel qui se reflétait dans le miroir des salines. Le camion partit en crépitant sur la grande allée toute en rigoles boueuses, et un long moment passa sans qu'on les vît revenir.

Debout sur le seuil de la remise, sous la vigne vierge grimpante qui laissait pleuvoir quelques gouttes sur ses cheveux et son nez, Frangisacchi maudissait ce fils de vache de Piveroni quand Tommasone réapparut, seul et à pied.

« Eh ben quoi ? Qu'est-ce qui se passe ? l'interrogea Lupo d'un signe de la main, qui resta bloquée en l'air.

– Piveroni s'est fait avoir par la gadoue ! s'exclama Tommasone, la voix plus grave que jamais.

– Quoi ?

– Pivero a dérapé », expliqua Tommasone en lui tendant le paquet de cigarettes mouillé et taché de boue.

En prenant le portail, le camion avait dérapé dans une ornière boueuse et s'était retrouvé dans le fossé entre la grande allée et la prairie.

À demi vêtu, Frangisacchi se précipita vers le parapet de la terrasse pour voir la scène.

« Pute vierge autrichienne ! » l'entendit-on crier ; ses mains, qu'il avait portées à sa tête, semblaient coincées dans ses cheveux.

Il fit volte-face et se dirigea vers la remise ; mais il percuta Tommasone, revenu lui tendre les cigarettes.

« Fume-les dans ta hutte, sale bouseux ! » fit-il en les envoyant valser en l'air.

C'était étrange de le voir dans une telle colère ; d'autant plus que malgré la fraîcheur qui avait suivi l'averse, il portait seulement un pantalon et de vieux souliers en guise de savates. Ses jambes maigres et tordues, sans les molletières kaki, étaient un peu rouges aux mollets et hérissées de poils blondasses ; il n'avait pas de veste, son torse était nu, il ne portait que sa large bande blanche autour du cou. C'était étrange de le voir dans cette tenue, et furibond de surcroît, lui qui d'habitude prenait un air plus snob que les officiers, narguant tout le monde avec la cigarette au bec, sans jamais s'énerver.

« Ah tu m'en as fait une belle ! Fumier ! » cria-t-il à Piveroni quand celui-ci apparut derrière le portillon.

Puis il trépigna, comme Paolo l'avait vu faire le jour où il n'arrivait pas à se coiffer.

« Aaarrh ! pesta-t-il. Si tu savais comme je te déteste ! Je te hais, avec ta tronche de marmite et tes pattes courtes. Tu portes la poisse ! » Frangisacchi crachait son venin, et on avait l'impression que son cou allait exploser ainsi serré dans le bandage ; son visage était violacé, même son torse était devenu rouge. « Je t'ai détesté dès le début, avec tes mollets de merde ! Aaarrh… ! fit-il en trépignant à nouveau, et il plantait ses ongles dans ses poignets. Je t'étranglerais de mes propres mains ! »

Il se mit à le poursuivre, tandis que les autres chauffeurs, réveillés par les cris, avaient quitté leurs grabats et assistaient à la scène depuis la porte de la remise.

« Prends ça ! Prends ça ! » criait-il en essayant de lui flanquer des coups de pied au derrière. En essayant, parce que Piveroni, malgré ses courtes pattes, était agile et rapide, et il avait une curieuse façon d'esquiver les coups en tournant en rond.

À l'aide de poutres et de cordes, tous se mirent à l'ouvrage pour récupérer le camion, même les télégraphistes et les soldats de la grande villa, la « maison des couturiers » ; tous sauf Frangisacchi.

Comme les autres se précipitaient vers le fossé, il enfila sa veste, ramassa les cigarettes éparpillées au sol, en cala une au coin de ses lèvres et l'alluma ; puis, derrière la balustrade, il resta à regarder bras croisés son camion renversé, enlisé tout en bas, derrière la haie de thuyas qui bordait la grande allée.

« Tu sais pourquoi il s'est mis en colère ? chuchota Aniellucchio à Paolo, en allant chercher dans son camion une caisse à outils. C'est à cause de Nerina. Tout ça, c'est pour Nerina. »

Paolo ne comprenait pas. Qui c'était, d'abord, cette Nerina ?

« C'est la nouvelle fille qui lui plaît. La plus jolie de toutes les poulettes ! » dit Aniellucchio avec un grand geste, et il posa deux doigts sur ses lèvres pour faire claquer un baiser en l'air ; puis il fit un clin d'œil à Paolo et redescendit la grande allée les outils à la main.

Paolo rejoignit lui aussi le grand portail. Et il y revint sans cesse, pendant les trois jours que durèrent les travaux. Étayé par des poutres, le camion était hissé par des cordes à la force des bras avant d'être remorqué par celui d'Aniellucchio ; mais à peine était-il hors du fossé qu'il glissait de nouveau au fond.

On finit par le démonter en grande partie, pour ôter le maximum de poids. Quand il ne resta que le châssis, il ne ressemblait plus à un camion.

Ils y étaient tous, torse nu, luisants de sueur, barbouillés de boue et d'huile de vidange. Durant ces jours-là, Frangisacchi fut le seul à ne jamais descendre. Il restait dans la remise ou sous la pergola. « Monsieur prend le frais et fume ! » « Quel lascar ce Lupo ! » Là-haut, il n'y avait que lui et La Lumia.

Mais Piveroni aussi, à présent, était sur toutes les lèvres.

Certains le pensaient idiot, d'autres, malin.

« Frangi, il est beau, s'exclamait Lorusso, mais Pivero est un sacré malin. » Paolo s'étonnait à chaque fois : comment pouvait-on le trouver beau, Frangisacchi ? Un jour qu'il le dit à Tommasone, celui-ci répondit : « Et alors ? Frangi *fait le beau*, il sort le grand jeu. Et il y arrive. Tu crois que c'est rien ? »

Paolo n'avait pas bien compris. Il y avait toujours une sorte de mystère, quand il parlait avec les soldats.

D'ailleurs, à présent, il y avait un mystère dans toutes les conversations ; dans les discours des fermiers, même dans ceux de Toni.

« Ah, les femmes, les femmes… » disait Toni en secouant la tête, la fourche à la main, dans le champ de fourrage où Paolo avait couru pour lui annoncer que Piveroni avait dérapé.

Paolo était resté interdit. Puis :

« Pourquoi ? Quel rapport ?

– Les femmes, les femmes ! » avait répété Toni sans rien ajouter.

Durant les pauses, les soldats se reposaient à l'ombre ; selon la position du soleil, dans la cannaie près du portail, allongés sous les thuyas ou dans la jonchère entre le fossé et la grande allée, et ils buvaient, lentement, le vin que le grand-père leur faisait apporter.

Dans ces moments-là, ils reprenaient leur discussion, mais ils parlaient peu et doucement, une phrase chacun, puis le silence. Paolo entendait à nouveau le nom de Nerina.

« C'est pour ça qu'il se sent pigeonné, dit Tommasone ; sans camion, il ne peut plus lui faire la cour.

– Mais demain il le récupérera son camion ! Et Nerina, il l'aura !

– Il l'aura, oui. Mais lui, il veut être le premier. Il veut toujours être le premier, tu connais l'énergumène. Et si, en attendant, quelqu'un d'autre lui passe dessus ? Ou si elle s'est déjà fait attraper hier ou avant-hier ? C'est pour ça qu'il se sent pigeonné. Et Pivero…

– Quelle crapule ce Lupo ! Quelle grosse crapule ! soupirait Anielluccio. Eh, quand on a un nez pareil, il paraît que… » Il se tut. « Je parie qu'un jour ou l'autre il attrapera même la petite, en bas… vous voyez, la petite Norma.

– Qui ? La fillette avec les tresses ?

– La blondinette de la tourelle ?

– Tu es fou ou quoi ? Elle fait encore pipi au lit !

– J'ai pas dit le contraire. Mais Lupo, il est tellement crapule… »

Pendant ce temps, Frangisacchi était sous la glycine, frais et pomponné, comme s'il attendait qu'on lui rende le camion d'une minute à l'autre ; parfois, on avait même l'impression qu'il lisait. Et s'il pestait, ses insultes s'étiraient, signe que sa mauvaise humeur lui passait. Paolo commençait à le connaître : plus Frangisacchi était furieux, plus ses insultes étaient brèves et tranchantes.

À la fin, il l'entendit s'exclamer :

« Christophe Colomb de mes deux qui a découvert l'Amérique et qui s'est fait doubler ! » Sa voix s'était radoucie, son ton était presque cordial ; il ne semblait même plus impatient.

Le retour du camion sous la pergola coïncida avec le retour de Crippa.

« Crippa, ohé, Crippa ! entendait-on ici et là dans le domaine, partout où il y avait des soldats. C'est la fille du facteur ! »

La grande nouvelle, c'était que pendant sa permission, Crippa s'était marié.

« Oui, je me suis marié, bourdonnait-il de sa voix rauque. L'homme naît, se marie et meurt. Quand tu as vingt ans, qu'ils disent par chez moi, prends une femme faite pour toi.

– L'homme naît, se marie et meurt ? Alors maintenant, il ne te reste que la mort !

– L'homme naît, se marie et meurt ? Et les marmots, qui les fabrique ? La femme avec l'aide du Saint-Esprit ?

– Prends une femme faite pour toi, qu'ils disent dans ton village ? Mais toi, tu as pris une femme faite pour les autres ! »

Où qu'il aille (et ces jours-là, Crippa ne cessait de se déplacer d'un endroit à un autre, sa grosse tête dodelinante), les soldats ne lui laissaient aucun répit.

« Les scélérats de votre espèce, répondait-il en leur tournant le dos, dans mon village on leur crache dans l'assiette.

– Et qu'est-ce qu'on lui fait, dans ton village, au type qui se fait faire des marmots par les autres ? De nouvelles cornes ?

– De nouvelles cornes ! De nouvelles cornes ! » entendait-on hurler partout.

Crippa s'en repartait, baissant sa trogne aux beaux yeux clairs, et un cri le suivait :

« Crippa ! C'est la fille du facteur ! »

Un matin que Paolo descendait à la bicoque du *guzzo*, il le retrouva au milieu des soldats, en cercle autour de lui. Au centre, il y avait aussi Borsarelli, l'index levé. Les autres écoutaient.

« Voyons voir, disait Borsarelli. Écoute-moi, qui suis ton ami. Tu es parti en permission quand ? »

Crippa ne soufflait mot, ses grands yeux bleus écarquillés.

« Alors c'est moi qui vais te le dire. Tu es parti en perm, tout le monde ici s'en souvient, le 15, un vendredi.

– Oui, misère de misère. Le 15, un vendredi.

– Et tu es arrivé dans ton village, c'est toi qui l'as dit, le dimanche matin.

– Oui. Les cloches sonnaient, ils étaient tous à l'église.

– Et tu t'es marié, d'après ce que tu as raconté, deux jours plus tard, le mardi ?

– Dieu a décidé comme ça.

– Et la fille, ta femme, tu ne la connaissais pas avant ?

– Comment j'aurais fait pour la rencontrer ? Ça fait deux ans que je suis soldat, misère de misère !

– Et la petite est née le dimanche ?

– C'était encore dimanche. Les cloches sonnaient. »

Dans le cercle, une clameur s'éleva :

« Elles sonnaient pour ton enterrement, hé cocu !

– Elles sonnaient la *Gloire* des cornards !

– C'étaient les cloches de saint Joseph, ton patron ! »

Après avoir ricané à son tour, Borsarelli leva les bras pour faire taire l'assemblée et se tourna à nouveau vers Crippa.

« Écoute-moi bien. Tu t'es marié mardi, on est d'accord, et la petite est née dimanche. Mais elle peut pas être née après cinq jours, tu comprends ça ?

– Et pourtant elle est née.

– Oui, elle est née. Mais je te dis, écoute-moi bien : si ta femme tu la connaissais pas avant, la petite… et ben la petite… » Borsarelli commençait à suer. « Bon sang ! s'exclama-t-il, c'est si difficile d'avoir un peu de jugeote ? Et il s'essuyait le front. Bref, la petite, ça peut pas être la tienne.

– C'est la mienne.

– Elle peut être de tout le monde, sauf de toi. »

La clameur recommença :

« C'est la fille du facteur !

– De tous les postiers du Piémont !

– C'est la fille d'un planqué, un de ceux qui nous piquaient les femmes pendant qu'on se tuait à faire la guerre. Maudit gouvernement !

– Crippa, tu fais pitié !

– Crippa, t'es pire qu'un Autrichien ! »

Borsarelli imposa le silence. Puis recommença.

« Elle peut pas être de toi. Elle est de quelqu'un d'autre.

– C'est la mienne. C'est même écrit sur les papiers. »

Tel fut le retour de Crippa ; et du matin au soir, on ricanait de lui, de ses noces et de sa fille – qui pesait cinq kilos, disait-il.

« Avant on savait pas vraiment s'il était idiot, ou si c'était un petit malin qui joue à l'imbécile, comme il y en a quelquefois ; ou un type à moitié idiot et à moitié malin, comme il y en a plein. Maintenant, il y a plus de doutes.

– C'est un gros nigaud. Que Dieu le garde. »

Puis on commença à raconter d'autres choses sur lui : qu'il se réveillait en furie, la nuit, et se frappait la tête en hurlant.

« En hurlant quoi ?

– C'est la mienne, c'est la mienne ! qu'il a crié encore cette nuit. Et ce matin, il nous l'a répété, mais calmement : "C'est la mienne. Même le curé me l'a dit." »

XII

Du jour au lendemain, le nouveau sujet de conversation fut Draga. Un matin en se levant, Paolo l'avait vue descendre des combles un balluchon à la main. Elle partait et, suffoquée par ses pleurs, elle ne lui donna pas d'explications. Des explications, il n'en eut pas non plus de sa grand-mère, ni de Toni, qui comme d'habitude secoua la tête en marmottant contre les femmes, ni de Dora, trop bouleversée.

Paolo en apprit un peu plus de la bouche des soldats, qui l'arrêtèrent dès qu'il eut franchi la porte de la maison.

« Dis, t'as rien entendu cette nuit ? Tu t'es pas réveillé ?

– Non, s'étonna-t-il. Mais il se rappelait avoir perçu dans son sommeil un peu de bruit et la voix de sa grand-mère.

– Cette nuit, la *mula* s'est fait surprendre.

– Hé, laissez le *putelo* tranquille ! les interrompit Battiston. Que l'innocence reste innocente !

– Ah bravo ! Pour qu'il devienne comme Crippa ? »

Plus tard, Paolo les vit discuter depuis le grenier de l'ancienne cuisine – qui donnait sur la pergola – où il s'était tapi.

« La patronne est montée dans les combles, racontait Aniellucccio à Tommasone ; dans le groupe il y avait aussi La Lumia, qui écoutait les yeux brillants, mi-clos. Elle est montée dans la chambre de Draga et elle l'a surprise avec un type…

– C'était sûrement pas Crippa.

– Paraît-il que c'est Dora, cette sale teigne, qui a mouchardé. »

Cette nuit, quelqu'un est entré dans la maison, pensa Paolo effrayé, comme s'il s'agissait d'un voleur. Mais qui avait bien pu monter chez Draga, à sa demande ? C'était Borsarelli. Oui, Borsarelli.

Il ne le dit à personne. Toutefois, il éprouvait une sorte de crainte, dès lors que le danger avait disparu ; il craignait de rencontrer Borsarelli de nuit, tapi dans le couloir par où l'on accédait à l'escalier des combles. « Chut ! » lui disait l'*ardito* en plaquant sa main sur sa bouche. Et lui avait envie de hurler, d'appeler sa grand-mère et toute la maisonnée ; mais il n'avait pas le droit, car Borsarelli n'était pas un voleur mais un soldat, et c'était son ami, et ils allaient à la plage ensemble. N'empêche, il avait envie de hurler.

En revanche, parmi les soldats – il le remarqua plus tard en retrouvant leur compagnie – personne ne soupçonnait Borsarelli ; ils n'avaient d'ailleurs aucune idée de qui ça pouvait être.

« Si c'était un de nous, disaient-ils, on saurait déjà qui c'est. Un soldat, ça garde rien pour lui, un soldat, ça te dit : cette nuit, je suis allé avec une telle. On sait tout, nous, pas vrai ? On sait à quoi ressemble telle ou telle sous sa jupe. Un soldat qui raconte pas n'est pas un soldat. Un soldat, ça dit tout à son collègue.

– Et alors ?

– Et alors ça doit être un type d'ici, Dieu seul sait qui.

– Mais taisez-vous ! Vous ne voyez pas qu'il y a le gamin ? explosa Battiston en désignant Paolo.

– Eh ben quoi, qu'il le sache. Qu'on parle ou qu'on se taise, la vie on la change pas. Et puis c'est un garçon : plus tôt il sait, mieux c'est. Tu voudrais pas nous en faire un Crippa ? répétaient-ils.

– Crippa, toujours Crippa. Vous n'avez que ce mot à la bouche. Il se fait passer pour un benêt, mais… Si j'étais dans la tête de Crippa, je vous en raconterais des vertes et des pas mûres !

– Hé, Toni ! cria Anielluccio voyant passer le cocher qui sortait de la maison. Vous n'avez rien à nous dire ? On est amis, pourtant ! Qu'est-ce qu'elle dit, la patronne ? Elle doit savoir qui c'est, elle.

– Même la patronne ne sait rien, répondit Toni. Ou elle préfère se taire. Elle dit qu'il a filé par la fenêtre et qu'elle n'a pas eu le temps de le reconnaître. »

Car les faits s'étaient déroulés ainsi : pour entrer dans la chambre de Draga, le type en question – qui devait avoir des bras de singe – avait grimpé sur le tronc du cèdre dans le petit bois derrière la demeure ; et par le même chemin, d'abord la fenêtre, puis le tronc, il avait filé à l'anglaise.

Les commentaires allaient si bon train qu'ils en oublièrent tous la permission du soir. Seul Frangisacchi était déjà parti, toujours avec son camion, que Piveroni conduisait. Et en partant il avait crié :

« Allez les gars, sortez ! Et à l'assaut ! Draga s'en est allée dans la montagne et c'est au premier qui l'aura ! Quelle femme, bonté divine ! Dire qu'on me l'a soufflée – et il fit mine de rire. La prochaine fois, j'essaierai d'être plus *éveillé*. Tout ça c'est à cause de cet abruti qui m'a engourdi avec son foutu dérapage. »

« Cette fois, il se l'est vraiment fait souffler, murmura Tommasone.

– C'est de sa faute, rebondit Lorusso. Il ne la connaissait même pas. Quand Draga descendait au puits ou au buffet, c'est tout juste s'il lui regardait les pieds. C'est Nerina qu'il avait en tête.

– À l'assaut, les gars ! cria encore Frangisacchi. On est des soldats, le soir un fossé nous suffit !

– Des fossés, il y en a qu'un ! ajouta Anielluccio. Et quand les gamines l'ont sauté, elles sont femmes. Fais-le sauter à Nerina !

– C'est à moi que tu dis ça ? ricana aigrement Frangisacchi ; et le camion, que Piveroni avait fait rouler au pas le temps de la conversation, démarra en trombe.

– Allons-y, *fioi. Trop gratter cuit, trop parler nuit* ! » les secoua Battiston. Et ils s'en allèrent en groupe.

Paolo courut aussitôt à la bicoque du *guzzo* pour y retrouver Borsarelli. Malgré ce qu'il avait entendu dire sous la pergola, il était presque sûr que celui qui était monté chez Draga, c'était Borsarelli, pas un type de la montagne. C'était lui qui avait dit un jour à la plage « Elle a de sacrés nichons ! » et quand ils revenaient de la mer, c'était lui, Borsarelli, qui faisait arrêter le camion devant le buffet (Paolo semblait le seul à s'en souvenir) juste au moment où Draga y descendait aussi, pour acheter du sel ou des allumettes.

Il lui suffit de le revoir pour n'avoir plus de doutes : Borsarelli, qui était en maillot de corps, avait bel et bien des bras de singe.

Et il lui sembla même qu'il faisait semblant d'être en colère pour écarter tout soupçon :

« J'en ai assez, criait-il ! J'en ai assez de ce Lénine ! Figure-toi que cette nuit, quand je dormais, ils m'ont écrit *Vive Lénine* sur le mur au-dessus du lit. Moi, je les ai prévenus : si vous me dites pas qui a fait ça, je vous trucide tous ! »

Voilà, pensa Paolo, il était chez Draga, et pendant ce temps, les autres ont écrit *Vive Lénine.*

À la maison aussi, ce soir-là, Draga fut évoquée.

« Je te l'ai déjà dit plusieurs fois, fit la grand-mère à table, s'adressant à son mari, et j'espère que maintenant tu vas m'écouter. Un seul chien, ce n'est pas suffisant. Autrefois, en plus d'Eros, on avait Dingo. On doit prendre un jeune chien et le mettre dans le petit bois. Eros ne suffit pas, d'autant qu'on est obligé de le laisser dans la cour à cause des soldats. S'il y avait eu un autre chien dans le bois, cette nuit…

– Bien sûr, l'interrompit le grand-père avec douceur. Mais cette nuit, Eros a aboyé.

– Il a aboyé seulement quand l'homme est parti. »

Le grand-père apporta un nouveau chien quelques jours plus tard. Il était vraiment jeune, et très beau ; d'une race que Paolo n'avait jamais vue : assez grand, fort et vif, avec un poil long et épais, d'une couleur entre le crème et le jaune, qui à certains endroits tirait sur le rosé. Il s'appelait Suomi et appartenait – disait-on – à une race de chiens de traîneau qui vivent dans les pays du Nord.

« Si c'était un cheval, fit le grand-père, on dirait que sa robe est isabelle. »

XIII

Les choses en étaient là quand un événement se produisit que jamais personne ne put oublier. Après le dérapage de Piveroni, après le départ et le retour de Crippa, après le renvoi de Draga, tout semblait être revenu à la normale : Paolo et ses amis les soldats partaient presque tous les matins à la plage (certains matins, quand Norma l'appelait de la tourelle, Paolo allait aux salines avec elle). Le soir venu les soldats sortaient, d'abord Frangisacchi puis tous les autres, et il ne restait dans l'ombre que les yeux scintillants de La Lumia.

Il y avait cependant une nouveauté : depuis plusieurs jours, Frangisacchi avait troqué ses bandes molletières kaki contre une paire gris-vert, pareilles à celles des autres.

« À ce qu'il semblerait, les jambes tordues de Frangisacchi, Nerina les préfère en gris-vert. »

Tout était donc redevenu comme avant. Paolo et Suomi s'apprivoisaient et Draga, disait-on, ne cherchait pas de nouvelle place pour le moment, elle s'était installée chez des paysans, dans une ferme des environs. Quand soudain un soir – le soleil était encore haut sur la mer, mais déjà la brise balayait les champs –, dans le grand silence qui avait suivi le départ des militaires, on entendit un hurlement lointain, puis de plus en plus proche.

Paolo, qui était dans le petit bois avec Suomi, entra dans la maison, dévala les escaliers, sortit sur la terrasse et se pencha sur la balustrade : le hurlement, pareil à un brame, s'élevait à intervalles réguliers, toujours plus proche.

Un homme petit, agitant les bras, un soldat, venait de franchir le grand portail en courant ; il remontait à présent la grande allée – était-ce Anielluccio ? – toujours en courant et en hurlant ; et les paysans sortaient de leur ferme ou accouraient des champs et des étables.

« Ahhhhh ! Quel malheur ! Quel terrible malheur ! » hurlait-il.

C'était Piveroni. Arrivé dans la remise, il se jeta sur sa couche, enfouit son visage dans le matelas qu'il se mit à mordre en hurlant. L'instant d'après il était debout et courait partout, entouré par les paysans, la marmaille et les femmes accourues leurs enfants dans les bras. Il s'arrachait les cheveux.

Le camion, une gamine tuée, en bas sur le pont : voilà ce que Paolo parvint à saisir, moins de la bouche de Piveroni que de celles des jeunes qui l'avaient suivi. Piveroni, lui, hurlait, incapable de répondre, les yeux exorbités.

Le cœur battant, Paolo se retrouva sur le pont avec tous les gens qui couraient.

Une gamine tuée, Piveroni, Frangisacchi ; tuée par le camion en bas sur le pont. Il commençait à voir : une forme grise au fond, la bâche du véhicule, à l'arrêt ; et plein de gens, un fourmillement. Une gamine tuée, presque au bout du pont, écrasée par le camion, et Piveroni qui hurlait. Une gamine…

Soudain, le silence. Il se retrouva dans le cercle devant le camion, vide, le flanc presque contre le parapet, du côté de la haute mer. Des gens partout et un grand silence. D'autres arrivaient de la ville et de la campagne – on entendait des clameurs lointaines – mais une fois rendus, tous se taisaient.

Au sol – c'était dur de regarder et pourtant on était attirés, effroyablement – ce qu'on voyait n'avait rien d'une jeune fille, non : dans le sang, il y avait deux jambes et un tronc.

Le sang avait formé une flaque de la taille d'un berceau, de la taille d'un grabat ; elle était profonde : on aurait pu, en y pénétrant, immerger son pied ; et elle était dense, car le sang rouge et vivant avait bu la poussière, devenant un peu plus sec et sombre sur les bords seulement. Le sang – la flaque s'étalait jusque sous le camion, dans l'ombre – avait éclaboussé les pneus et les garde-boue et laissé une salve de gouttes sur le parapet côté mer, contre lequel le véhicule s'était déporté.

Et dans ce rouge étincelant sous le soleil encore haut sur la mer, on voyait les morceaux de l'enfant éparpillés, comme s'ils nageaient : une jambe coupée net, brunie par le soleil, et son pied nu. De petits poils blonds scintillaient çà et là, et le pied, brun aussi, était toutefois plus pâle, presque décoloré, blanc sous la plante. L'autre jambe se trouvait quatre pas plus avant ; et voilà qu'une main la soulevait comme on soulève un morceau de bois, tandis qu'un frisson et un murmure parcouraient l'assistance, pour la déposer, ruisselante, avec un bruit de chose morte, sur le plancher d'une charrette, entre quelques chiffons et un peu de foin.

Le torse, encore vêtu d'une robe de toile blanc et bleu, fraîche, était renversé contre terre, près des roues ; le visage aussi était face contre terre, presque enfoui dans la poussière et le sang ; un bras s'allongeait au-dessus de la tête, légèrement plié.

« C'est ainsi, chuchota Anielluccio, qui se trouvait juste à côté, que dorment les enfants.

– Pauvre *putela* ! répondit doucement la voix rauque de Battiston.

– Tu la connaissais ? lui demanda Paolo.

– C'est Nerina. »

Paolo sentit sa poitrine exploser. Bien qu'il ne l'eût jamais vue, le nom de Nerina remua quelque chose en lui et lui coupa le souffle ; à cet instant, ce fut comme s'il l'avait connue. En regardant ce visage à moitié enfoui dans la poussière, mais qu'on voyait nettement sur un côté (un visage enfantin, brun-doré et parsemé de taches de rousseur autour des yeux et du nez), il eut vraiment l'impression de l'avoir croisée quelquefois. Et il essaya de se rappeler quand. Mais peut-être que non, peut-être qu'il ne l'avait jamais vue. Pourtant… Il regrettait de ne l'avoir jamais rencontrée.

Il l'imaginait marcher pieds nus sur le pont, avec sa robe blanc et bleu et ses cheveux blond-roux, aux reflets un peu fauves, coupés courts et si épais qu'ils formaient comme une cabane autour de son visage constellé de taches de rousseur.

Il entendit le nom de Lupo et se retourna pour voir s'il était là. Il vit, parmi les gens et les soldats, tous les fermiers du domaine : Momi, Lucia la jeune et les autres enfants de Bepi, accourus avec l'âne et la charrette ; il y avait Lena, la petite idiote à la bouche toujours ouverte, avec son trognon de pomme baveux à la main, et aussi Norma, encore haletante, avec Eros le chien au bout d'une ficelle ; et puis Borsarelli, Tommasone, Lorusso, et même La Lumia ; mais de Frangisacchi, pas l'ombre.

« Il a décampé. On ne l'a plus vu », entendit-il dire par les soldats ; c'est alors qu'il comprit que ce devait être lui, Frangisacchi, qui avait tué Nerina. Lui et pas Piveroni ni aucun autre ; parce que, comme toujours quand il voulait faire le beau, sur le pont c'était lui qui conduisait (Anielluccio le lui avait même confirmé) quand Nerina avait été renversée.

Tuée par Frangisacchi. Par Frangisacchi qui…

« Comment ça ? demanda Paolo. C'était pourtant avec lui que Nerina… »

Les soldats le regardèrent sans répondre.

« Ils ne faisaient pas l'amour ensemble ? » hasarda-t-il. Et il se sentit rougir.

Les soldats ne répondaient toujours pas.

« Comment ça a pu arriver ? insista-t-il, gêné.

– Hé, oh ! l'interrompit Lorusso d'un ton brusque qui le vexa. C'est un accident ! » Et il regarda de l'autre côté.

Paolo ne dit plus rien.

La retenue des soldats l'étonnait. Ils restaient unis, en groupe, et esquivaient les questions des gens, surtout Tommasone et Lorusso. Pour la première fois, ils paraissaient même éviter le regard de Paolo.

À peine un peu plus tard, cependant que les gens accouraient encore, ils partirent en silence, sans se faire remarquer, en direction de Semedella ; Paolo les suivit accompagné de Norma et d'Eros, qui haletait et tirait par à-coups sur sa laisse en ficelle.

Ils étaient au milieu du pont quand il lui sembla qu'une dispute éclatait entre les soldats. On entendait la voix sonore de Borsarelli, qui les avait rejoints :

« C'est quoi ces conneries ? Un dérapage ? Ben voyons, avec la pluie battante qu'il y avait aujourd'hui... Un dérapage, tu parles ! C'est vous qui le dites... »

Ils s'arrêtèrent et se ruèrent sur lui ; Paolo vit que des soldats, peut-être Tommasone et Lorusso, le secouaient par la veste.

Puis ils se maîtrisèrent, car Eros s'était mis à aboyer. Ils se retournèrent du côté de Paolo et Norma, et jetant un coup d'œil plus avant comme pour s'assurer que personne d'autre ne les avait entendus, ils se remirent en marche, sombres et silencieux.

Devant le portail, il y avait d'autres personnes : des paysannes et des servantes.

« Pauvre petite, entendait-on, quel destin ! Et dire qu'elle était amoureuse de lui. »

Ce qui bouleversait les femmes, c'était l'idée que Nerina ait été réduite en morceaux dans une mare de sang par le jeune homme avec qui elle faisait l'amour. Cela leur déchirait le cœur, mais on aurait dit qu'elles étaient attirées. Elles ne pouvaient s'arrêter d'en parler.

Et on parlait aussi de lui, qui était comme fou disait-on, bien que personne ne pût affirmer l'avoir vu.

Au portail, Borsarelli s'écarta d'Anielluccio, de Tommasone, de Lorusso et des autres pour s'en revenir à la bicoque du *guzzo* par la prairie. Pendant tout ce temps, il était resté sombre et renfermé. Paolo l'avait vu à plusieurs reprises devenir rouge et agiter ses mains, comme impatient de dire quelque chose, puis plus rien ; il finissait par cracher et jurer, freiné par Tommasone et La Lumia qui, avec Lorusso, ne le lâchaient pas. Mais à présent qu'il s'en allait seul, Paolo l'entendit marmonner :

« Qu'ils aillent tous se faire foutre autant qu'ils sont ! Moi, je l'ai vu tout de suite que ce type était un tueur né. »

« Lui, ce type » – on ne le nomma pas autrement ce soir-là.

Il faisait déjà noir quand Paolo entendit avec effroi le moteur d'un camion sur la grande allée. Était-ce Frangisacchi qui rentrait ?

Il sortit de la maison en courant accompagné de Dora qui avait abandonné la cuisine ; Toni leur emboîta le pas.

Dans le camion qu'on avait arrêté sous la pergola, ils aperçurent deux ombres, larges, à côté du conducteur : deux chapeaux de carabiniers.

Tous descendirent ; lui n'y était pas. Les carabiniers avaient fait reconduire le camion par un chauffeur de Giusterna qu'ils avaient trouvé sur le pont.

Ils ne repartirent pas tout de suite. Après avoir échangé quelques mots avec Battiston, ils entrèrent dans la remise où Piveroni, en entendant le bruit du camion, avait recommencé à sangloter et à hurler. Ils y restèrent assez longtemps, on entendait leurs voix ; La Lumia guettait devant la porte afin que personne ne s'approchât.

XIV

Le lendemain était un jour de soleil radieux, mais la pergola et la remise paraissaient désertes. Pas un soldat, pas une voix, seulement le chant des cigales ; et dans cette inertie, l'odeur de carbure, de cuir, de sueur et d'urine qu'exhalait la remise occupée par les militaires semblait encore plus forte.

Voyant apparaître Aniellucio sur le seuil de la remise, le caporal De Martino, un télégraphiste méridional qui passait par là, voulut l'interroger, mais sans parler : il haussait les sourcils, levait le menton et agitait les mains comme pour dire : « Alors ? »

Aniellucio répondit de la même façon : il secoua légèrement la tête en signe de dénégation et tendit ses paumes vides.

Paolo crut comprendre que Frangisacchi ne s'était toujours pas montré et qu'on n'avait aucune nouvelle de lui.

Mais ce qu'il apprit plus tard de la bouche de Dora bouscula toutes ses idées, ainsi que celles des gens du domaine.

« Ça va pas la tête ? » avait répondu Dora à ceux qui lui répétaient la même rengaine : que Nerina, la pauvre enfant, était amoureuse de Frangisacchi. « Mais Nerina ne pouvait pas le piffrer, l'ostrogoth ! Je le sais par ma cousine qui était son amie. Elle passait son temps à le fuir et ne savait plus comment d'en débarrasser ! »

Était-ce bien vrai ? Paolo courut se renseigner auprès d'Aniellucio :

« C'est vrai, lui demanda-t-il, que Nerina ne pouvait

pas le piffrer, Lupo ? Qu'il lui courait après, mais qu'elle par contre… »

Il fut stupéfait, et blessé, par la violence d'Anielluccio, lui d'ordinaire si gentil, lui qui était son ami depuis le début :

« Ça suffit maintenant ! fulmina-t-il en jetant des coups d'œil autour de lui. Ferme-la !

– Tout le monde est au courant, tout le monde le sait maintenant ! » se vengea Paolo. Et il repartit en courant.

Il revint vers Dora.

« Faire l'amour, faire l'amour, ça va pas la tête ? l'entendit-il dire dans la cour à Lucia l'ancienne, la femme de Bepi. C'était une gamine, elle marchait encore pieds nus ! »

Sans compter qu'elle restait toute la journée chez elle, disait Dora, à garder ses petits frères, parce que son père était pêcheur et que sa mère avait un étal au marché aux poissons, et il n'y avait qu'elle pour s'occuper de la maison. Elle s'affairait presque jusqu'au soir, et quand sa mère rentrait, elle pouvait enfin sortir pour courir à la plage.

Les heures passaient et Frangisacchi ne revenait pas. Certains disaient qu'après l'accident il avait couru dans la campagne pour se cacher sur les collines ; d'autres qu'il avait filé en ville, profitant de la confusion des premiers temps, quand les gens accouraient vers le camion (et c'était plausible, puisque l'accident s'était produit juste à l'entrée du pont). Et de la ville, disaient ces derniers, il avait fui en bateau ; on disait aussi qu'il avait été aperçu à bord du vaporetto de Trieste, quelques minutes après l'accident.

On ne vit pas Piveroni de toute la matinée : les officiers venus l'interroger entrèrent dans la remise. Cela dura longtemps ; tout le monde fut sommé de répondre, y compris Anielluccio, Battiston et La Lumia. Les seuls à savoir quelque chose, disait Borsarelli qui essayait d'entendre à travers les volets, c'est Tommasone et Lorusso, parce qu'ils étaient sur le pont au moment de l'accident ; mais ces deux-là, plus on les interrogeait, moins on en savait.

Plus tard, les officiers voulurent examiner le camion.

Le commandant regarda longuement le véhicule avec les autres officiers ; puis il s'installa sur le siège du conducteur.

« C'était peut-être le volant... suggéra Lorusso en avançant d'un pas.

– Ou le frein », fit Tommasone.

Tous deux suivaient chaque geste de l'officier, les yeux écarquillés.

Le commandant fit signe à Anielluccio d'allumer le moteur ; mais avant que celui-ci ne s'avance vers le radiateur, Battiston se courba sur la manivelle. Pas pour l'actionner, pour saisir quelque chose entre le pouce et l'index.

Tandis qu'Anielluccio donnait quelques coups de manivelle et que le moteur commençait à tousser, Paolo se rapprocha de Battiston qui s'était écarté pour regarder ce qu'il tenait entre les doigts : une mèche de cheveux châtain aux reflets roux doré, avec un petit grumeau de sang.

Sans dire un mot – et Paolo aussi observait en silence –, Battiston enveloppa lentement la mèche dans du papier à cigarette avant de la glisser dans son portefeuille. Puis il regarda autour de lui, d'un air à la fois perdu et bouleversé ; mais personne ne faisait attention à lui.

Ils étaient tous autour du camion de Frangisacchi, qui avait fait deux ou trois bonds sous la pergola, en avant et en arrière.

« Le volant se porte à merveille, dit le commandant en descendant. Et le frein aussi.

– Pourtant, osa Lorusso, ce véhicule nous joue souvent de mauvais tours... »

À ces mots, le commandant – gros et d'apparence paisible – s'avança vers lui, rouge jusqu'aux veines des yeux :

« Ah il vous joue de mauvais tours ! hurla-t-il. C'est un camion farceur ! Mais vous êtes mécaniciens oui ou non ? Si quelqu'un me parle encore de mauvais tour, je vous balance tous dans l'infanterie. »

Pendant tout ce temps, Piveroni ne se montra pas. Il était toujours dans la remise ; et il y resta, seul dans le noir, jusqu'au départ des officiers.

Paolo ne le revit que dans l'après-midi ; mais il aurait préféré ne pas assister à cette scène.

Il était devant le muret avec les soldats, ainsi qu'avec Dora et Berta, la fille qui avait remplacé Draga. En silence, ils regardaient vers la ville ; non pas du côté du pont, mais plus loin, à l'est, où vers les collines courait une autre route, blanche, derrière laquelle on distinguait à nouveau la mer. Là-bas au fond, à partir de l'ancienne porte qu'on appelait la Muda, un cortège serpentait lentement. Soudain on entendit une musique (la fanfare de la division, murmura Anielluccio), une musique si douce, si solennelle, que Dora et Berta en eurent aussitôt les larmes aux yeux. C'est alors qu'un hurlement de Piveroni s'éleva de la remise : comment avait-il su, tout seul là-dedans, que c'était l'enterrement de Nerina ?

« Non ! Non ! Non ! Elle n'est pas morte ! Non ! » Et il sortit en courant, blafard, échevelé, avec des yeux qu'on ne lui connaissait pas. Il courut en rond sur ses jambes courtes et trapues, en se frappant la tête et en criant « Non, non ! » puis il disparut à nouveau dans la remise, d'où l'on entendit ses sanglots, qui augmentaient d'intensité au fur et à mesure que la musique se rapprochait.

« Le remords l'a rendu fou, dit Berta.

– Mais c'est la faute de Frangisacchi ! protesta Paolo.

– Qu'est-ce qu'on en sait ? C'est l'un ou l'autre : ils étaient deux dans le camion. »

Paolo ouvrit de grands yeux et ne répondit pas.

Jusqu'alors, il avait cru que c'était la faute de Frangisacchi. Mais était-ce certain ? Sans aucun doute, dans le camion, ils y étaient tous les deux et la plupart du temps, c'était Piveroni qui conduisait. Il regarda les soldats : l'un d'eux allait sûrement répliquer. Aniellucio lui-même n'avait-il pas dit, sur le pont, que Frangisacchi était au volant ?

Or personne ne contredit Berta, à croire qu'on avait découvert que tout ou presque était la faute de Piveroni.

Paolo était perdu. Pourtant, pensait-il, Frangisacchi s'est enfui, et s'il s'est enfui…

Il chercha le regard de Battiston. Mais celui-ci n'avait pas écouté, il regardait toujours au loin, là où le cortège, devenu plus mince, avançait désormais d'un pas plus rapide ; et quand on l'entendit murmurer « Que Dieu lui pardonne ! », il sembla à Paolo qu'il ne parlait pas de Piveroni mais de Frangisacchi. Et il en éprouva, malgré lui, un certain soulagement.

Borsarelli, lui, était sûr et certain que Frangisacchi avait écrasé Nerina :

« Hé ! larbins d'assassin ! cria-t-il plus tard en passant devant la remise. Sortez de votre planque, que je vois vos tronches. C'est un assassin, un assassin et un déserteur ! cria-t-il encore. Et vous, trous du cul, vous êtes ses complices et ses souteneurs ! »

Dans la remise, les chuchotements cessèrent aussitôt, mais personne ne répondit. Borsarelli put continuer à fulminer contre Frangisacchi jusqu'à éclater d'un rire mauvais, puis il partit avec Toni rejoindre Battiston, qui s'en était allé chez les couturiers.

Les soldats gardèrent le silence encore un peu (La Lumia s'était posté sur le seuil et scrutait alentour), puis les chuchotements reprirent.

On n'arrivait pas à entendre distinctement ce qui se disait ; hormis, par instants, la voix grave et rapide de Tommasone qui s'enflammait, suivie des interventions claires et sonores d'Anielluccio :

« Allons, allons, les gars, allons ! »

Soudain, des éclats de voix s'élevèrent ; et dans le silence qui s'ensuivit, Piveroni hurla :

« Le diable sait qui vous êtes ! Vous êtes des chacals, des chacals ! »

Anielluccio sortit peu après et alla s'asseoir sur le muret. Lui que Paolo avait toujours vu calme, le teint hâlé, était maintenant tout rouge, presque violet, le front en sueur.

Paolo le rejoignit aussitôt.

« Qu'est-ce qui se passe, Aniel ?

– Eh ben... quoi te dire ? Pivero est dans le pétrin, répondit-il un peu perplexe en regardant vers la remise. Dans un sale pétrin, répéta-t-il, faudra qu'il se livre au commandement, et qu'il dise comment il a...

– Ce sont les officiers qui l'ont ordonné ?

– Ben quoi, tu le savais pas ? »

Mais Piveroni ne semblait pas décidé à partir ; dans la remise, les éclats de voix reprirent et Anielluccio, de nouveau en sueur, rentra. On entendait par moment une sorte de sifflement : c'était la voix de Lorusso, méconnaissable, menaçante. Brusquement, Piveroni éclata en sanglots. Un silence s'installa, les pleurs duraient ; Anielluccio ressortit, bouleversé.

Aïe ! pensa Paolo. Alors c'est Piveroni.

« C'est lui, continuait à affirmer Berta. C'est pour ça qu'il a abandonné le camion sur le pont et qu'il a couru jusqu'ici dans cet état, en hurlant, même que cette nuit, Sainte Vierge, j'ai eu l'impression de le voir...

– Et Frangisacchi ?

– Il était hors de lui, comme tu peux l'imaginer. Il s'est enfui parce qu'il était horrifié, et pour ne plus voir Piveroni ; parce que sinon, il l'aurait tué. »

Paolo aurait voulu savoir ce qu'en pensait Battiston. Mais il était toujours là-bas, avec Borsarelli et Crippa, à la bicoque du *guzzo* ; et Paolo avait remarqué que c'était toujours en son absence que ce genre de scène éclatait.

Tout ce qui arriva par la suite donna raison à Berta.

Traîné de force hors de la remise (Anielluccio et La Lumia le soutenaient par les aisselles, Lorusso et Tommasone le poussaient), Piveroni, qui devait monter dans le camion et se présenter au poste de commandement de la ville avec le véhicule, se débattait en hurlant sous la pergola :

« Non ! Non ! Soyez tous maudits ! Fusillez-moi si vous voulez, mais jamais je remonterai dans ce camion ! »

Il réussit à se jeter à terre en se défendant à coups de pied et de dents.

« Courage, Pivero, le destin c'est le destin ! dit Anielluccio pour tenter de l'apaiser.

– Pas dans ce camion ! Plus jamais ! Fusillez-moi dans le dos, étranglez-moi, mais je monterai jamais plus dans ce camion ! » hurlait-il encore, le visage dans le gravier.

C'est alors que les carabiniers apparurent. Tous s'écartèrent et se turent ; Piveroni se calma aussitôt tout en répétant qu'il ne monterait jamais plus dans ce camion.

« Peu importe, répondit le brigadier. On prendra l'autre. Mais ne t'inquiète pas, cette fois, ce n'est pas toi qui conduiras. » Et il fit un signe à un autre carabinier.

Sans un mot, les yeux écarquillés, ahuri mais presque soulagé, Piveroni se laissa menotter. On le fit monter par derrière, sous la bâche, dans le camion d'Anielluccio qui partit aussitôt. Le brigadier et un des deux carabiniers l'accompagnaient. L'autre monta dans le camion du malheur, à côté de Tommasone qu'on avait mis au volant, et l'on n'entendit plus que le ronflement des moteurs et le crissement des pneus en bas sur la grande allée.

XV

« Quelle sale histoire, nom d'un chien ! Il y a de quoi devenir fou ! » s'exclama Tommasone au retour, en discutant avec Momi (Paolo l'entendit depuis le grenier de l'ancienne cuisine où il s'était posté pour observer et écouter sans être vu). « Et dire qu'il l'aimait tant, sa Nerina !

– Qui ? Lupo ?

– Lupo, j'en sais rien. Lui, il les aime toutes et il en aime aucune. On connaît l'énergumène. Je parlais de Pivero.

– Piveroni était amoureux de Nerina ?

– De Nerina, bien sûr. Et de qui d'autre ? C'est pour elle qu'il a failli crever et me crever aussi ! »

Paolo ne parvint pas à en savoir plus. Mais ce qu'il avait entendu était déjà trop. Piveroni aimait Nerina, lui aussi ? Ou était-il le seul à l'aimer, puisque Frangisacchi les aimait toutes et n'en aimait aucune… Et le hasard avait voulu que ça soit lui, Piveroni, qui la renverse et la tue en la réduisant en morceaux. Pour Paolo, ce fut soudain comme si tout devenait plus clair, et aussitôt après, plus opaque ; comme s'il voyait un peu plus loin, puis, brusquement, plus rien.

Et que voulait dire Tommasone quand il affirmait que pour Nerina Piveroni avait failli crever et le crever ? Piveroni avait donc voulu se tuer et tuer Tommasone ?

Il avait été prêt à tuer Tommasone ?

Cette pensée le perturba et fit naître en lui une sourde anxiété. La peur montait, sa gorge était nouée. Tout compte fait, il valait mieux que Piveroni fût parti, qu'on l'eût emmené. Cependant, il regrettait de ne l'avoir pas mieux observé et de ne plus le voir.

Il interrogea Momi à la première occasion.

« Tu vas pas à l'école ? lui répondit celui-ci.

– Si mais…

– Alors commence à ouvrir tes livres, *angusigolo* ! et il éclata de rire. Dans un mois tu te presseras le citron sur ton pupitre, et adieu Piveroni et Tommasone ! »

S'il avait pu se voir, tout frêle et brûlé par le soleil, les yeux exaltés et la bouche entrouverte, Paolo aurait compris le rire de Momi et ne se serait pas supporté. Rouge jusqu'aux cheveux, il n'entendit pas ce que le fermier avait ajouté, une fois calmé.

« Quoi ? Qu'est-ce que tu as dit ? Toujours incapable de se contenir, Paolo le rattrapa.

– Mais oui. Tu te rappelles pas ? répéta Momi en ricanant. Piveroni a failli se tuer et tuer Tommasone qui était avec lui dans le camion, la fois où il a fini dans le fossé en bas près du portail. »

Momi se moquait encore de lui, il se fichait toujours de tout et de tous. Paolo ne demanda plus rien, ni à lui ni à personne d'autre.

Le lendemain tout le monde parlait de Piveroni : il allait être condamné et enfermé au fort. « Vous l'avez vu entre les deux carabiniers ? Des yeux et une tronche d'assassin qu'il avait, même s'il l'a pas fait exprès !» disaient les paysans.

De Frangisacchi, on parlait avec le sourire. « Il va bientôt revenir », répétait-on. Et plus personne n'écoutait ce fou de Borsarelli, qui avait une dent contre lui. Borsarelli avait traité Lupo d'assassin et de déserteur, mais maintenant il ne pouvait plus rien dire.

Frangisacchi ne s'était pas enfui, à présent on le savait : il était allé dans une autre unité, avec l'accord du capitaine, en attendant que ce crevard de Piveroni se livre ou soit arrêté. « Il lui a tué sa bonne amie. Si Lupo le revoit, il le crève. Il a bien fait de ne pas revenir tout de suite, Lupo. C'est Dieu qui l'a inspiré. »

À présent tous l'attendaient, apparemment soulagés, comme si son retour allait clore définitivement ces dernières journées. Mais Borsarelli n'en démordait pas.

« Lupo, Lupo, bavait-il, vous dites toujours Lupo. C'est sûr, Lupo de lupanar ! »

On attendait donc le retour de Frangisacchi d'un moment à l'autre ; or c'est le contraire qui se produisit : de but en blanc, l'ordre fut donné d'évacuer à tout le détachement.

Sans un mot, Anielluccio, Tommasone, Lorusso et La Lumia, qui pendant tous ces grands discours sur Piveroni et le retour de Frangisacchi étaient restés distants et suspicieux (Battiston, lui, leur préférait la compagnie de Borsarelli), préparèrent leurs caisses et leurs balluchons, les chargèrent dans les camions et allèrent saluer les grands-parents de Paolo. Mais une fois là-haut, dans la bibliothèque, ils laissèrent éclater leur colère : « Pourquoi on nous vire ? criaient-ils. Qui nous a fait chasser ? S'il y a quelqu'un là-dessous, soldat ou civil, il va le payer cher ! » Et ils partirent, le visage sombre, dans l'après-midi même.

La remise était vide et déserte. Paolo la regardait, abasourdi, tandis que Toni ne cessait de s'affairer avec son balai de joncs. Pendant toute cette histoire, il n'avait pas prononcé un seul mot contre son ennemi Frangisacchi ni contre Piveroni ; il était resté calme et taciturne, seule la nouvelle du retour de Lupo semblait l'avoir contrarié ; mais à présent, se retrouver à nouveau patron de la remise le rendait tout fou, ses petits yeux pétillaient, il balayait presque en dansant et ne cessait de crier : « Tu vas voir mon petit Polin, tu vas voir ! » Il était aussi heureux que le jour où l'homme de la Grande Propriété était venu. Pourtant, quelques instants plus tôt, quand il serrait la main des soldats sur le départ, Paolo l'avait vu plisser ses yeux mouillés, comme quand il était soûl. En souvenir, il avait offert à l'un un crayon, à l'autre une tabatière, à Battiston il avait même donné sa vieille montre en argent. Mais les soldats n'avaient rien voulu accepter, et Battiston l'avait serré dans ses bras au nom de tous. En revanche, les soldats l'avaient comblé de cadeaux. De vieilles choses qui ne leur serviraient plus : bocaux, outils, toiles de tentes, chaussures usagées, lampes à carbure, chaussettes, sac de couchage, un coffre et une petite armoire fabriqués par Battiston, et même deux couvertures.

Le soir même, Toni enfila une veste, se lissa les moustaches et courut chez le grand-père :

« La remise est vide et prête. Est-ce que je pourrai aller chercher les bois demain matin ? »

Les yeux du grand-père devinrent malicieux, il leva le menton en riant, faisant tressauter sa mouche et ses lunettes :

« Et pourquoi pas cette nuit, carrément ? »

Puis il redevint sérieux.

« D'accord Toni, d'accord. Mais pas tout de suite. Attendons d'abord les consignes des officiers. »

Toni ne comprenait pas. Le patron n'était-il pas à nouveau maître de la remise depuis le départ des soldats ?

« S'ils ne reviennent pas, si. Mais ils peuvent les renvoyer ici, ou y installer une autre unité. »

XVI

Depuis qu'il avait perdu la compagnie des chauffeurs, Paolo descendait plus souvent à la bicoque du *guzzo*, où Crippa était toujours la risée de tous. Et il passait aussi de longues heures dans le petit bois avec Suomi, qu'il essayait de dresser. C'était un chien impétueux, toujours à courir partout ; la présence de Paolo, au lieu de le calmer, le faisait bondir et aboyer. Devant Dora et Berta, il grognait, mais il s'attacha immédiatement à Paolo et à son grand-père. Ce qui ne l'empêchait pas d'essayer de s'échapper : Paolo le surprit plusieurs fois qui cherchait à se faufiler entre les barreaux de la grille, humant l'air derrière l'enclos, et il dut l'aider à se libérer de l'emprise des barreaux. Suomi le remerciait en bondissant jusqu'à ses épaules, et sur ses mains et son visage il sentait soudain sa langue humide et chaude, rosée.

On l'enfermait dans le petit bois pour éviter qu'il ne rencontrât Eros. « Surtout pas de malheur ! » s'inquiétait la grand-mère. De crainte que Suomi s'enfuie ou se batte avec Eros ou d'autres chiens de fermes sur la colline, la grand-mère aurait préféré l'enchaîner ; mais le grand-père ne voulut rien savoir. Les jeunes chiens, disait-il, ont besoin de courir et de sauter.

Plus Paolo s'occupait de Suomi, plus Norma jouait avec Eros.

Ils commencèrent à arpenter la campagne chacun avec son chien. Paolo avec Suomi attaché à une vieille ceinture, Norma avec Eros au bout d'une ficelle. Mais ils ne pouvaient se rapprocher trop l'un de l'autre : Eros tirait sur la ficelle pour se jeter contre Suomi, et Suomi grognait.

Distants, chacun avec son chien qui sautait, jappait et aboyait, ils étaient obligés de se parler en criant, les mains autour de la bouche, comme on crie de barque en barque. Cela amusait beaucoup Norma, qui bondissait et riait, et voulait que cela durât toujours.

Un après-midi qu'ils s'aventuraient dans les champs au-dessus de la bicoque du *guzzo*, Eros traîna Norma vers une baraque en bois brut qu'ils n'avaient jamais vue. Il aboya en jetant ses pattes contre la porte et Suomi tirait sur sa laisse pour faire pareil. Quand la porte s'ouvrit d'un seul coup, les enfants décampèrent à la vue d'un militaire accroupi le pantalon sur les chevilles, qui les regardait en fronçant les sourcils.

Avec Suomi, Paolo s'arrêtait souvent à la bicoque du *guzzo*. Il cherchait Borsarelli et Crippa, les seuls amis qui lui restaient. Mais il ne les trouvait pas toujours. Deux jours après le départ de Battiston, d'Anielluccio et des autres chauffeurs, Borsarelli et Crippa disparaissaient ensemble de longues heures. Ce n'était pas surprenant de la part de Borsarelli, qui se fichait de tout et était toujours en vadrouille ; mais c'était plus étonnant de la part de Crippa, qui d'ordinaire restait dans l'enceinte du domaine, où il était la risée de tous et l'ami des gosses : de Guido, de Bruno, de tous les enfants des fermiers, et même de Lena, la petite idiote.

Borsarelli et Crippa étaient donc souvent absents. Mais il y avait le caporal De Martino, que Paolo connaissait à peine, et d'autres soldats, dont deux ou trois arrivés depuis peu. Parfois, ils ne sortaient même pas. Ils restaient dans la maison, à l'ombre ; de l'extérieur, Paolo entendait leurs voix.

« Tu parles d'une fille déshonorée ! » entendit-il un jour. Reconnaissant la voix de De Martino, Paolo arrêta

Suomi et écouta. « Tout ça, c'est des discours de curé. Si elle est devenue pute, c'est qu'elle l'a toujours été. »

Paolo regarda autour de lui.

« Si elle est devenue pute, c'est qu'elle l'a toujours été ! répétait De Martino dans la bicoque du *guzzo*. Elles sont pas toutes comme la pauvre Nerina, que même le diable n'aurait pas pu lui retirer sa culotte ! »

Paolo jeta fébrilement un œil alentour. Il lui semblait voir la tête qu'aurait faite tante Pia en entendant ces mots (« Ce sont de gentils garçons, disait-elle des soldats, mais ils jurent tout le temps », et son visage prenait un air contrit tandis que ses lèvres remuaient très vite).

« Tu as beau dire, répliquait une autre voix. Quelqu'un l'a déshonorée, et certains savent qui c'est. Quand un type fait ce genre de chose… la faute…

– Allons, mes braves ! Que ce soit toi ou moi qui la perce, chaque barrique donne le vin qu'elle a. Cette fille était née pour le bordel… »

Mais de qui ils parlent ? Et de quoi… ? se demandait Paolo, bouillonnant, quand il entendit Toni l'appeler.

Il repartit en courant ; et avant même d'être arrivé en haut de l'escalier, qui de la petite allée du puits débouchait dans les arbustes verts de la terrasse, il poussa un cri.

La victoria, la voiture décapotable qu'il n'avait pas revue depuis des années, était là, sous la pergola, étincelante, avec son vernis noir et bleu, ses coussins de cuir et sa manivelle de frein argentée en forme de petite roue. Avec l'accord du grand-père, Toni était allé la chercher en ville, dans l'entrepôt où pendant la guerre on l'avait cachée avec les autres voitures. Il venait de la nettoyer, on voyait des flaques et des rigoles devant l'écurie, et il riait.

Le bonheur de Paolo fut presque plus grand que le sien. Toutefois, il eut un serrement de cœur ; ce fut comme si une ombre passait dans le ciel, dans ce joyeux ciel de septembre. Si son grand-père avait autorisé Toni à ramener les voitures dans la remise, ça voulait dire que les chauffeurs ne reviendraient jamais plus. Il les regrettait tous, mais plus particulièrement Battiston et Aniel-luccio ; une sorte de remords le saisit, comme s'il était un peu responsable de leur départ, il s'étonnait et se reprochait de ne pas les avoir mieux salués ce soir-là : il aurait dû les serrer dans ses bras, leur demander de donner des nouvelles de temps en temps, de lui faire savoir où ils avaient été envoyés.

Quelle ne fut donc pas sa joie, un après-midi qu'il était descendu à la bicoque du *guzzo*, d'y trouver Battiston.

« Bat ! cria-t-il de loin en se mettant à courir. Tu es revenu ! Bat ! »

Battiston lui sourit et vint à sa rencontre, s'écartant de Borsarelli et de Crippa avec lesquels il discutait. Il resta quelques instants avec lui, mais n'était pas très bavard et évitait de répondre quand Paolo lui demandait des nouvelles d'Anielluccio et des autres.

« Ah, ne me parle pas de ces types ! finit-il par dire. Ce sont des scélérats, t'imagines même pas ! » Il ajouta, voyant la stupeur de Paolo : « Je te raconterai plus tard. » Puis il rejoignit Borsarelli et Crippa, qui l'attendaient sur le banc devant la porte de la maisonnette, le visage sombre.

Ne sachant s'il devait s'avancer ou se retirer, Paolo resta dans le bosquet de thuyas entre la maisonnette et les champs. Là, sans se faire remarquer, il put entendre presque toute leur conversation.

« Bref, c'est comme je vous disais hier et ce matin, reprit Battiston. Eux, ils voudraient le laisser couler.

– Dis plutôt, éclata Borsarelli, bouleversé, avec des yeux que Paolo ne lui connaissait pas, qu'ils veulent le noyer de leurs propres mains !

– Chut », fit Battiston en posant l'index sur ses lèvres.

Bien qu'il se fût approché, Paolo ne parvenait plus à entendre ce que Battiston racontait. Toutefois, il avait compris qu'ils parlaient de Piveroni, toujours sous les verrous ; un frisson lui parcourut l'échine quand il entendit qu'il risquait des années de prison.

« Si ces messieurs le voulaient bien, il serait libre. Il pourrait sortir en ce moment même, cria Borsarelli en se levant du banc. Mais ces salopards, ces chiens galeux ne veulent pas. Ils l'assassinent, tu comprends ? – il s'adressait à Crippa – et après ils sont capables de courir se confesser.

– C'est ça », acquiesçait Battiston.

Toujours assis sur le banc, Crippa était morose et renfrogné, mais il écoutait de temps à autre, levant ses yeux clairs sur Battiston ou Borsarelli.

« Finira-t-on par savoir, misère de misère, dit-il enfin, qui a écrasé Nerina ? Qui était au volant ce soir-là ? Parce que si c'est pas l'un, c'est l'autre et... »

Paolo surgit des thuyas :

« Ce n'est pas Piveroni, c'est Frangisacchi ! cria-t-il. Moi, je le sais. »

Tous se retournèrent.

« Tu le sais ?

– Alors tu y étais ce soir-là, sur le pont ? Tu as tout vu ? » l'interrogea Borsarelli.

Oui, faillit-il dire. « Non... se ravisa-t-il. Je n'y étais pas, je suis arrivé après, mais...

– Comment tu le sais ? Qu'est-ce que tu sais ? » Tous les trois firent cercle autour de lui. « Parle ! »

Que savait-il ? Il en savait moins que les soldats, moins que tout le monde. Il n'avait rien vu ; sauf Nerina, morte, coupée en morceaux, dans une flaque de sang. Pourtant il se sentait sûr, follement sûr, que c'était Frangisacchi qui l'avait écrasée.

« C'est Lupo qui l'a tuée. Moi, je le sais.

– Comment tu le sais ?

– Je le sais. »

Oui, il le savait. Il le voyait. Frangisacchi était au volant ce soir-là, c'était lui qui conduisait, pour faire le beau : sans casquette, avec ses cheveux lisses et gominés peignés de côté, la cigarette au coin des lèvres, et ça faisait comme une grimace sous son nez crochu. Il était au volant et roulait à toute vitesse pour faire le beau ; il voulait frôler Nerina, lui faire peur…

« Je le sais. Je sais tout, moi. »

Il y eut un moment de silence. Puis Borsarelli le prit par l'épaule et le secoua :

« Allez, crache le morceau ! Tu vas nous rendre dingues ! Tu sais quoi ? Tu as vu quoi ? »

Paolo eut un moment d'étourdissement, sa tête tournait. « Je n'ai rien vu. Je ne sais rien, faillit-il hurler. Laissez-moi. »

S'enfuir, être seul ; retrouver Norma, ou Suomi.

Mais on le secouait par l'épaule, encore.

« Tu l'as vu ? Tu étais sur le pont ? Raconte. »

Les soldats oscillaient devant lui ; il se sentit mal, sur le point de vomir : encore une fois, une force à laquelle il ne savait résister semblait le pousser à parler.

« Non, je ne l'ai pas vu. Mais je sais tout. Tout », répéta-t-il. Et sa propre voix le surprit.

Frangisacchi était au volant, il riait ; et Nerina, voyant le camion lui foncer dessus, était restée immobile quelques secondes ; puis, comme les poulets, elle s'était jetée d'un côté et de l'autre.

« Oui, je sais tout, c'est comme si j'avais vu, dit-il en levant la main pour essuyer son front humide.

– Alors quelqu'un te l'a raconté. Qui ? dit Borsarelli d'une voix différente, basse, en se penchant sur lui.

– Qui ? qui ? » reprirent Battiston et Crippa en s'approchant. « Qui, misère de misère ? » répéta Crippa.

Paolo se retrouva sur le pont, face au sang profond. Et dans cette mare, les morceaux de la jeune fille étaient éparpillés, comme s'ils flottaient : une jambe, l'autre jambe ; le torse plus loin, presque sous les roues, et le bras intact plié au-dessus de sa tête, comme si elle dormait. Non, Paolo venait de comprendre, ce n'était pas comme si elle dormait : Nerina avait levé le bras – devant son visage, sur ses yeux – pour ne pas voir, et pour se protéger au dernier instant.

La scène lui apparaissait. Il était sur le pont, au milieu des gens de plus en plus nombreux, et à côté des soldats.

« Qui te l'a dit ? Qui t'a raconté que c'était Lupo ?

– Anielluccio », lança-t-il dans un souffle.

Oui, Anielluccio le lui avait confirmé, devant tout ce sang, devant ce qui restait de Nerina : à présent il s'en souvenait.

« Anielluccio ! crièrent les trois hommes en se regardant.

– Tu en es sûr ? Tu te trompes pas ? Tu es sûr ? lui demanda Battiston.

– S'il l'a dit, c'est que c'est vrai. Le petit ne ment pas, grommela Crippa.

– Ah ça, c'est le plus beau ! criait Borsarelli. Anielluccio si poli, si charmant. Le genre d'honnête homme qui mérite qu'une chose : qu'on lui pisse à la gueule !

– Tu en es sûr ? répéta Battiston.

– Mais oui ! hurla Borsarelli. Comment veux-tu qu'il l'invente ? Et pourquoi ? » Et il se tourna vers Paolo : « Dis-moi plutôt, il y avait quelqu'un d'autre, près de vous, qui aurait pu entendre quand Anielluccio a dit que c'était Lupo ?

– Oui, plein d'autres. Il y avait aussi Tommasone et Lorusso.

– Tommasone et Lorusso aussi ! » Borsarelli sursauta et regarda les deux autres. On aurait dit que leurs yeux, à tous les trois, voulaient sortir de leurs orbites. « Ils étaient là, ces deux porcs ? Et ils ont entendu ? Et ils n'ont pas crié que c'était pas vrai, quand Anielluccio a dit que c'était Lupo ? »

Paolo écoutait, effaré et excité à la fois, emporté dans un tourbillon ; balancé entre la crainte, le remords, et la joie de répondre.

« Non, ils n'ont rien dit. Ils écoutaient et se taisaient. Ils ont dit seulement que Lupo avait décampé tout de suite, mais que ce n'était pas sa faute, que c'était un accident.

– Vous avez pigé ? fit Borsarelli, qui les mains sur les hanches avait reculé d'un pas et plantait tour à tour son regard dans celui de Battiston et de Crippa. Vous avez pigé ? Moi non plus, quand je suis arrivé sur le pont un peu plus tard, ils m'ont pas contredit. Ils voulaient juste que je me taise. Et maintenant… ah les porcs, les sales porcs ! Que Dieu leur envoie toutes les foudres qu'ils méritent !

– Moi, quelque chose m'échappe », dit Battiston en secouant la tête d'un air sérieux, et cette expression faisait de lui, d'habitude si souriant, un autre homme. « À quoi ça leur sert, à eux, de cacher comment les choses se sont passées ? De toute façon Lupo s'est enfui, il est hors d'atteinte, on le retrouvera jamais… et puis, si c'était juste un accident…

– Le mal, c'est le mal, commentait la voix rauque de Crippa. Celui qui l'a dans le corps finit par le cracher au-dehors, comme le serpent…

– Je me pose la même question, renchérit Borsarelli en regardant Battiston. Admettons (même si c'est pas vrai) que la pauvre Nerina, paix à son âme, ait été écrasée par Piveroni et pas par Frangisacchi, ça leur sert à quoi, à ces saligauds, de blanchir Lupo et de laisser Piveroni moisir en prison ? Nerina est morte, pauvre petite, personne peut la ressusciter. Là il s'agit de sauver un vivant, même s'il peut avoir des torts. Mais maintenant on en est sûrs, Piveroni n'y est pour rien. Alors quoi ?

– Alors mêle-toi de tes oignons ! » Le caporal De Martino apparut sur le seuil, les yeux pleins de sommeil. « À quoi ça leur sert, tu te demandes ? Et moi, je te dis : qu'est-ce que ça peut te foutre, à toi ? Il y a enquête ou procès, bref, ce qui doit se faire se fait. C'est le boulot des officiers, qui sont aussi avocats, juges et tout ce que tu voudras. Toi, ne t'en mêle pas. L'eau coule et finit toujours par arriver à la mer.

– Qu'est-ce que ça peut me foutre à moi ? cria Borsarelli, devenu rouge jusqu'aux yeux et prêt à se jeter sur De Martino. C'est de toi que je me fous, caporal d'opérette, couille molle de planqué ! »

Battiston et Crippa l'attrapèrent pour l'arrêter, tandis que De Martino s'aplatissait contre le mur.

« La justice, c'est la justice ! » Borsarelli tentait de se libérer en bondissant pour hurler à la face du caporal. « Et celui qui te le dit a connu la prison ! Oui, moi, j'ai connu la prison ! » Et il frappait sa paume contre sa poitrine. « Et je te dis aussi que si j'avais croisé ta tronche de dégénéré au Piave, quand nous, les *arditi*, on se battait aussi pour vous, je t'aurais écrasé comme un ver au lieu de zigouiller les Autrichiens ! La justice, c'est la justice, et elle se fera !

– Bien, bien, fit De Martino en clignant des paupières et en glissant discrètement vers la porte. Tu as raison : la justice, c'est la justice. Mais t'énerve pas. On est tous amis, t'énerve pas ! » Et il disparut à l'intérieur de la maison.

Haletant, bouleversé, Borsarelli mit du temps à se calmer ; par moments, il regardait la porte par laquelle De Martino s'était éclipsé et jurait.

« *Piano piano*, Borsa ! dit Battiston en lui tapant sur l'épaule. Tranquille. Un mot de toi, ça vaut plus que toutes les jacasseries de certains salopards.

– Hé, j'aimerais que tu m'expliques », lança soudain une voix aiguë venue d'en haut. C'était celle de De Martino, qui se tenait à la fenêtre, pâle, les cheveux en bataille. Il essayait de sourire en regardant Borsarelli, mais sa bouche, en se tordant d'un côté, formait une grimace. « J'aimerais que tu m'expliques, toi qui parles si juste. » Il voulut rire, mais aucun son ne sortit. « La justice c'est la justice, très bien, on est tous d'accord. Mais toi, pourquoi tu t'embourbes dans cette histoire ? Oui, je dis bien pourquoi tu t'embourbes… ? Par souci de justice ou par… » Il hésita, fit tourner ses yeux dont on ne vit que le blanc, puis termina sa phrase avec un tressaillement du cou comme s'il avalait. « Ou… parce que vous vous détestez entre Toscans ?

– Toscans ! Toscans ! Qu'est-ce que ça vient foutre là-dedans ? Sale cul-terreux que tu es ! hurla Borsarelli encore plus furieux, et il se jeta contre la porte qui avait été barricadée. Je te hais ! Toi et tous les rats de ton espèce, et j'en ai rien à foutre que vous soyez toscans, lombards ou calabrais. Je vous hais – il martelait la porte à coups de pied et de poings – c'est vous, sale vermine, qui menez l'Italie à la ruine ! »

Puis il recula et leva la tête : De Martino n'était plus à la fenêtre.

« Quand tu te seras vidé dans ton pot de chambre, lui cria-t-il alors, sors de ta planque et descends, caporal Votre-Majesté-restez-à-l'arrière, que je te crache à la gueule ! »

(Paolo apprit par la suite que De Martino était surnommé ainsi pour avoir crié « Votre Majesté, restez à l'arrière ! » lors d'une visite du roi sur le front, et tous avaient ri, y compris le souverain, parce qu'ils étaient très loin des premières lignes.)

« Sors de ta planque ! cria encore Borsarelli. Sale profiteur, qui garde le cabinet pour son gros cul et nous envoie chier dans les champs ! »

Dans le silence qui suivit (on entendait seulement le frémissement des peupliers dans la prairie et un gazouillis de plus en plus aigu), Borsarelli enfouit son visage dans ses mains et se frotta plusieurs fois de haut en bas comme s'il se savonnait puis se rinçait. Quand il leva enfin la tête, son expression avait changé : il était calme, quoique encore rouge et gonflé jusqu'aux yeux.

« L'important c'est de sauver Piveroni, qui est innocent, reprit Borsarelli haut et fort en regardant encore vers la fenêtre. Et en sauvant Piveroni, on fait honneur à la justice et on ne nuit à personne : de toute façon, Lupo est déjà tiré d'affaire, on ne l'attrapera plus.

– Il est dans les montagnes, sur les terres des *Cicci*[1], ajouta Battiston.

– Il est tiré d'affaire, ça oui, dit Crippa. Mais moi, je vous dis qu'il se cache dans la colline et qu'il rôde la nuit. » Il marmonna autre chose, mais ni Borsarelli ni Battiston n'y prêtèrent attention.

« On veut sauver Piveroni, car Lupo est déjà tiré d'affaire ! répéta Borsarelli en élevant la voix. Ça n'a rien à voir avec une haine entre Toscans, foutu gouvernement ! »

1. Les *Cicci* sont des Istro-Roumains, un groupe roumanophone qui s'est établi en Istrie quand la péninsule était partagée entre les Vénitiens et les Habsbourgeois. Ils se sont installés sur le massif montagneux situé entre les villes de Trieste et de Rijeka (Fiume en italien), à la frontière de la Croatie. Ce territoire est appelé *Cicceria* ou *Terra dei Cicci*. *(NdT)*

XVII

Ce soir-là, devant ses grands-parents, Paolo ne fit aucune allusion à ce qui s'était passé à la bicoque du *guzzo*. Le fait d'avoir affirmé que Frangisacchi était au volant et qu'il l'avait su par Anielluccio le tourmentait : et si ce n'était pas vrai ? Il lui avait dit quoi, en réalité, Anielluccio ? Et si lui aussi, sur le vif, avait parlé sans savoir ? Il ne tarda pas à saluer ses grands-parents pour aller se coucher, mais cette inquiétude, grandissant, l'empêchait de trouver le sommeil. Pourquoi avait-il surgi des thuyas en criant : « Ce n'est pas Piveroni, c'est Frangisacchi ! » Qu'est-ce qu'il en savait ?

Il ne savait rien, il n'avait rien vu. Pourtant, il avait crié encore : « C'est Lupo qui l'a tuée, moi, je le sais. »

Il passa sa main sur son front et la retira tout humide. Pourquoi avoir crié ainsi ? Il avait l'impression de réentendre sa voix : « Oui, je le sais. Je sais tout, moi. » Voulait-il sauver Piveroni, lui aussi ?

Mais qu'est-ce que ça pouvait bien lui faire ? Piveroni n'était même pas son ami ! Ils se connaissaient à peine ; et Piveroni ne faisait-il pas tout un avec Frangisacchi ? S'ils étaient toujours ensemble, c'est qu'ils s'entendaient bien, non ?

Il finit par le détester. Il le revoyait avec ses grosses jambes courtaudes et voulait qu'il reste en prison ; il était certain, à présent, que c'était lui le coupable. Il lui suffisait de le revoir en train de remonter la grande allée en courant et en hurlant : « Quel malheur, quel horrible malheur ! »

Dès lors, cette inquiétude fit jaillir d'autres angoisses. Il avait accusé Frangisacchi tout en ne sachant rien ; d'autant que même s'il était déplaisant avec son nez crochu, Frangisacchi devait avoir été drôlement secoué par la mort de Nerina ! Et il s'était peut-être enfui pour ne pas être obligé de témoigner contre Piveroni pendant l'enquête.

Demain, se promit-il, dès que je me serai levé, j'irai à la bicoque. J'irai voir tout de suite Borsarelli et Crippa. Je leur dirai que je ne sais rien et que j'ai tout inventé.

Il était déterminé, tant pis s'il devait avoir honte. Ça serait même bien fait pour lui, d'avoir à souffrir de cette honte.

Il s'aperçut tout à coup qu'en songeant à Borsarelli, à Battiston et à Crippa il éprouvait de l'agacement, presque de la rancœur. C'étaient eux qui l'avaient incité à parler, à lui faire dire ce qu'il ne savait pas. C'était leur faute, surtout celle de Borsarelli, qui s'était penché sur lui pour le secouer.

Il était réveillé et pourtant il rêvait. C'était déjà l'aube. Il se levait et courait à la bicoque pour dire qu'il avait tout inventé ; et il le disait (comme ça, Borsarelli et compagnie seraient encore plus fâchés) en présence de De Martino.

Il finit par s'assoupir ; et soudain tout changea. Il voyait une tache de sang, petite ; mais elle n'arrêtait pas de grossir, elle devenait cette flaque rouge et dense, grande comme un berceau, comme un grabat, assez profonde pour recouvrir le pied.

Il se réveilla en sueur. « C'est Frangisacchi. »

Maintenant il le savait. Il savait tout.

La flaque de sang et à l'intérieur une jambe, l'autre jambe, et le torse. C'étaient les morceaux de Nerina, et il était avec eux, dans le sang ; Frangisacchi avait foncé sur lui et l'avait réduit ainsi. Il y était, dans le sang ; c'était comme si c'était lui, Nerina coupée : rien d'autre que lui, ces morceaux dans le sang. Il voyait, il savait tout.

« Frangisacchi ! » murmura-t-il en émergeant à nouveau.

Cette fois, il ne replongea pas tout de suite dans le sommeil. Les yeux ouverts dans le noir, il revoyait la tache : elle était sur un matelas, et Frangisacchi, penché, frottait désespérément pour l'enlever, avec la grande brosse de Toni.

Le matelas ! Oui, le premier sang était là ! Comment avait-il pu oublier ? Le premier sang était là et c'était Frangisacchi qui l'avait versé. Ensuite, il avait essayé d'effacer la trace, et plus personne n'en avait parlé.

Grâce à ce souvenir, Paolo était maintenant sûr, follement sûr, d'avoir tout deviné et compris, comme quand il avait surgi en criant du bosquet de thuyas.

En songeant à Frangisacchi, il n'éprouvait plus de remords ; seulement de la peur.

« Il est caché dans la colline, avait dit Crippa, et il rôde la nuit. »

Par la fenêtre ouverte, il écouta en frémissant le chuchotis des arbres (sa chambre donnait sur le petit bois derrière la maison, de nuit il laissait aussi les volets entrouverts). Frangisacchi l'assassin, l'assassin et le déserteur, était là-haut sur la colline et rôdait la nuit.

Transi, les yeux grands ouverts dans le noir, il écoutait le bruissement des plantes, le moindre friselis ; l'aboiement d'un chien, au loin, le rassurait et l'effrayait tour à tour. C'est bizarre, se dit-il, ce soir on n'entend pas Suomi.

Alors il se leva, prudemment. Sursautant à chaque craquement du plancher, il s'approcha de la fenêtre ; il vit la lune qui éclairait les pins et, plus loin, les champs agrippés à la colline dans la nuit rythmée par la cantilène des grillons. « Suomi, Suomi ! » appela-t-il à voix basse. Puis, très vite, dans un dernier frisson, il referma les volets.

Le lendemain, il s'étonna d'avoir tremblé. Qu'est-ce que ça pouvait bien faire, si Frangisacchi était dans la colline ? Il n'y avait rien à craindre ; personne, en ce moment, ne pouvait avoir aussi peur que lui : peur d'être découvert et attrapé.

Paolo se sentait joyeux, il espérait que Borsarelli et Battiston réussiraient bientôt à faire libérer Piveroni. Mais en apprenant que Suomi avait disparu, il fut contrarié, et même si le grand soleil le rassurait, il replongea en partie dans ses angoisses nocturnes.

Il partit aussitôt à la recherche de son chien. Il l'appelait par intermittence, les mains en porte-voix.

Rien.

Petit à petit, tout en continuant à crier « Suomi ! Suomi ! », il finit presque par oublier qu'il le cherchait.

Il s'était retrouvé en dehors du domaine de son grand-père, plus haut dans la colline, sur un sentier qui courait sous un talus parsemé de quelques touffes d'arbustes, le long d'un vignoble.

Il avança de ce côté.

Après un virage, le sentier continuait entre deux haies basses et inégales. À gauche, on voyait des arbres et des sarments. La colline montait avec ses vignes, ses arbres, ses champs cultivés. À droite, les champs descendaient par bonds, comme autant de terrasses, jusqu'à la mer : vers le maquis étincelant des peupliers de la prairie, tout en bas, derrière lesquels apparaissait la petite église jaune et rosée.

Au fond, entre les salines verdâtres et l'azur de la mer, le pont s'élançait tout droit, blanc de poussière, jusqu'aux premiers blocs d'habitations de la ville, qui au milieu de l'eau ressemblaient à un entrelacs d'huîtres, avec des touches de jaune parmi les toits bruns.

Le long du pont, les parapets et les pylônes du téléphone et de l'électricité formaient une sorte de dentelle grise. Paolo les regardait quand une ride s'arrêta entre ses sourcils.

« Un, deux, trois… ses lèvres remuaient. Nerina ! »

C'était là, entre le troisième et le quatrième pylône à partir de la ville, que son sang avait coulé.

« Suomi ! Suomi ! » se reprit-il. Et il s'étonna de sa propre voix.

Il poursuivit son chemin, et brusquement ce fut comme si le soir tombait : des arbres très hauts, très touffus s'élevaient à droite, barrant la vue sur le vallon.

« Suomi ! appela-t-il encore. Suomi ! »

Entre les troncs, il aperçut une tache bleue. Une maison. Il sut alors où il était : au dos d'une villa, presque toujours fermée, qui se dressait à mi-côte derrière la maison du grand-père. Il la connaissait, mais de l'autre côté (sa façade était bleue aussi et son toit assez pointu), parce qu'il la voyait toujours depuis le petit bois, derrière les touffes d'herbes qui poussaient entre les lances de la grille.

Il s'étonna d'être arrivé là. Et il fut déçu par la villa. De près, elle était minuscule et basse.

Il se trouvait juste au-dessus de Semedella, mais il avait l'impression d'être beaucoup plus loin ; on ne voyait pas âme qui vive, on n'entendait pas une voix.

Il s'arrêta sur une hauteur plus avant et regarda autour de lui. Passé la villa bleue, il avait pris entre les arbres, des pins isolés qui s'élançaient sur le côté ; puis il avait traversé un pré pour se retrouver face à un ravin formé par une faille, où un torrent devait gronder les jours de forte pluie.

« Suomi ! » avait-il appelé depuis la crête. Au fond du ravin, sur un petit îlot hérissé d'arbres et de buissons au milieu d'une rivière, il lui avait semblé apercevoir une forme blanche onduler entre les branches. « Suomi ! Suomi ! cria-t-il encore. Puis il écouta : on n'entendait que les cigales. Mais il voyait, en bas, des branchages trembler.

« C'est lui, il essaie de m'échapper », pensa-t-il. Il l'appela encore, furieux. Mais soudain, il se tut. Il avait commencé à descendre dans le ravin, plein d'éboulis comme dans une crevasse, avec des veines d'argile ou de pierre grisâtre qui cédaient puis s'effritaient quand on s'y agrippait. Son cœur tambourinait dans sa poitrine. Et si ce n'était pas Suomi ? se demandait-il, si c'était quelqu'un, si... Les battements de son cœur résonnaient jusque dans son cerveau, sa gorge était nouée, pourtant il continuait. Il voulait rejoindre l'îlot, pénétrer dans sa végétation.

Dans ses sandales, il sentait ses pieds se recroqueviller, comme s'il s'attendait à rencontrer une couleuvre dans l'escarpement.

Arrivé en bas, il sauta de pierre en pierre comme si elles brûlaient et se retrouva dans les herbes de l'îlot.

Il s'arrêta, puis se remit en marche. L'angoisse l'avait quitté.

Il s'enfonçait en écartant les branches qui le piquaient aux bras et au visage. Il n'appelait plus. Il essayait de faire le moins de bruit possible, retenant son souffle.

Soudain, son cœur s'emballa. Pourquoi ? Était-ce à cause d'un bruissement ? D'une branche qui avait bougé ?

C'était sûrement ça : un bruissement, une branche qui avait bougé, ou autre chose. Ou peut-être rien.

Il avait la chair de poule, les cheveux hérissés, une sensation de gorge sèche.

Il s'immobilisa d'un coup et se retint de pousser un cri.

Il y avait quelqu'un, là, dans la petite clairière.

Pendant quelques instants, il se sentit confus : sa vue se brouillait, son sang grondait dans ses oreilles. Puis, dans cette opacité, une voix lui parvint :

« Paolo ! »

Au centre de la clairière, tapissée d'herbe douillette et un peu sombre, car les branches des arbres convergeant de toute part formaient une voûte, il y avait une femme. Elle était assise, le visage dans la pénombre ; mais un rayon de soleil, ou le tremblement de ronds de lumière à travers les branches, éclairait sa figure de biais. Dans ce frisson de lumière, bien avant qu'elle crie, bien avant qu'il fût pris d'étourdissement, Paolo avait remarqué son geste : elle avait rabattu sa robe, relevée jusqu'aux hanches comme si elle était en train de se dévêtir, pour couvrir ses puissantes jambes nues. Et ce faisant, son visage tendu, presque apeuré, était entré dans le soleil ; ce fut alors que Paolo la reconnut :

« Draga ! »

Il s'approcha. La jeune femme sourit, demeurant assise et tirant sa robe sur ses genoux ; elle était troublée, et sa confusion accrut celle de Paolo.

« Que fais-tu ? » lui demanda-t-il.

Draga détourna son visage.

« Rien », répondit-elle.

Sur sa main droite, qu'elle pressait toujours contre ses genoux, une bague brillait. Elle dut s'apercevoir que Paolo observait le bijou, car elle déplaça sa main, grande et un peu rouge, pour la poser presque retournée sur sa poitrine. Puis elle leva les yeux et fixa Paolo en fronçant les sourcils.

« Et toi ? Pourquoi es-tu venu ? lui demanda-t-elle d'un seul trait. Qui…

– Je cherche Suomi.

– Suomi ? » Elle s'assombrit et plissa les yeux comme si elle cherchait à se rappeler un visage. « Qui c'est ? »

Paolo rit. Un chien, notre nouveau chien, s'apprêtait-il à dire. Mais il s'exclama, toujours en riant :

« C'est un soldat.

– Un soldat ? Elle regarda alentour, à la recherche d'une silhouette cachée dans la végétation. Tu es sérieux ? C'est ton ami ? Et tu savais qu'il devait venir ici ? » Par moments, elle était en pleine lumière, car la brise agitait le feuillage et le soleil pénétrait largement entre les branches ; Paolo la regardait et il lui sembla, comme durait en elle cette appréhension, qu'elle avait changé. Ses yeux étaient différents, plus dilatés, plus liquides ; son visage était pâle, émacié, et un signe, le début d'une ride, marquait le coin de sa bouche. Quand elle revint dans la pénombre, elle lui parut être à nouveau la femme d'autrefois. Mais le soleil recommença à jouer sur son visage, y imprimant des ronds de lumière et des taches translucides – les ombres des feuilles –, aussi les impressions de Paolo n'étaient-elles jamais les mêmes. C'était étrange. En suivant les taquineries du soleil qui par à-coups éclairait sa poitrine et tout son corps, jusqu'à ses jambes couleur terre qu'elle serrait l'une contre l'autre, Paolo trouvait Draga plus menue, plus maigre, et en même temps plus florissante. C'était visible, bien qu'elle fût quasi recroquevillée sur son rocher. Son visage était plus émacié, son cou plus grêle, sa taille plus fine, mais sa poitrine, qu'on devinait sous sa robe (Paolo essayait de ne pas la regarder), était vive et pleine, tout comme ses hanches.

« Suomi », répéta-t-elle en regardant au loin ; puis, comme si ce nom lui disait enfin quelque chose : « Il fait partie des couturiers ? »

Paolo acquiesça ; il voulait s'amuser encore.

« Non, non ! se reprit-il ensuite, voyant que Draga l'écoutait avec inquiétude, les yeux clairs dilatés. C'est un chien, notre nouveau chien, tu sais… »

Il avait plaisanté, à présent il se sentait à nouveau gêné, il aurait voulu partir sur le champ. En apprenant que Suomi n'était pas un homme, le visage de Draga s'éclaira. « Ah », fit-elle, et son buste, qu'elle tenait droit, s'abandonna sur ses hanches. Comme elle s'incurvait, sa robe s'échancra sous son aisselle, où courait une rangée de boutons défaits jusqu'à la taille. Paolo ne regarda pas, il désirait s'enfuir. « Au revoir », allait-il lui dire. Pourtant il ne bougeait pas, de plus en plus raide, comme si de la glace montait de la terre jusqu'à ses pieds, jusqu'à ses lèvres qu'il n'arrivait plus à remuer. Ne regarde pas là, se disait-il.

À travers sa robe déboutonnée, il distingua, au gré des ronds de soleil, la naissance des côtes, blanches, et un sein.

« Vous avez un autre chien ? Eros n'est plus là ? entendit-il.

– Si, il y est toujours. Mais après que tu as… cette nuit-là… » Les yeux clairs de Draga, écarquillés, presque craintifs, plongeaient dans les siens ; il se perdit en eux, et l'espace d'un instant, ce fut comme si une vibration irradiait de ses pupilles à elle vers son cerveau à lui. « Après ce qui s'est passé, se reprit-il, mes grands-parents ont voulu prendre un autre chien pour qu'il garde le petit bois. »

Draga regarda au loin ; il se sentit rougir au moins autant qu'elle. Je n'aurais pas dû en parler, pensa-t-il.

« Ah ! » l'entendit-il répondre d'une voix opaque.

Ils se turent. S'il y avait eu le chien dans le petit bois cette nuit-là, songea Paolo, personne ne serait entré et Draga serait encore chez nous.

« Tu es dans une autre famille maintenant ? Près d'ici ?

– J'habite un peu plus haut, sur la colline », fit-elle dans un geste.

Courbée, elle regardait ses pieds, qu'elle écartait puis rassemblait ; Paolo nota alors qu'à côté d'elle, sur l'herbe, une couverture était étendue, pareille à celle des militaires. Brusquement, elle replongea ses yeux dans les siens.

« Mais toi, dis la vérité, c'est pour me chercher que tu es venu ? Pourquoi tu me cherchais ? » Elle le fixait, méfiante, voire hostile. « Qui t'a envoyé ? Tu le savais ? Qui… » Elle s'interrompit, se redressa pour écouter et lui chuchota : « Va-t'en vite, file ! »

Un bruit de terre sèche et de cailloux éboulés arriva du ravin.

Une pensée le foudroya : c'est Borsarelli ! Et tandis qu'un sifflement perçait entre les branches, auquel Draga répondait par un « Hou hou, hou hou ! », en deux bonds il quitta la clairière.

C'est Borsarelli, se répéta-t-il. Comment n'avait-il pas deviné que Draga était là pour l'attendre ?

Il s'arrêta à la lisière de l'îlot, se courba derrière un massif d'arbres et de buissons. Pourquoi s'enfuir et se cacher puisque c'était Borsarelli ? Ils étaient amis, non ? Et pourtant il restait derrière la végétation, l'œil aux aguets : il ne voulait surtout pas être surpris par Borsarelli. Il tremblait à l'idée qu'il avait failli l'attraper dans la clairière. Et il éprouvait, en même temps, une sorte de remords.

Il entendit une voix :

« Me voilà, ma toute belle. Je t'ai apporté une miche de pain. » Puis le rire de Draga et celui de l'homme qui répétait : « Et quoi ? et quoi ? » Encore la voix de Draga : « Et quoi d'autre ? Donne vite ! » Et l'éclat de rire de l'homme.

Ce n'était pas Borsarelli.

En écartant les branches, il entrevit un uniforme ; puis un front pâle aux tempes un peu dégarnies et une mèche noire.

C'était Marturano, un couturier ; un type qui se promenait sans bandes molletières, avec un pantalon de travail noué à la cheville. Paolo ne le connaissait que de nom, parce que chez les couturiers, c'est-à-dire dans la grande villa qui donnait sur la grande allée, il n'y allait jamais. On les méprisait, les couturiers. Ni les chauffeurs ni les télégraphistes ne voulaient avoir affaire à eux. Quoi qu'il en soit, de vrais couturiers, il y en avait peu, la plupart étaient des fantassins que le régiment avait encasernés avec eux. Mais on les appelait couturiers aussi, et on les méprisait comme les autres.

Tout en frottant ses bras striés de griffures cuisantes, Paolo se mit en chemin. Pour éviter de faire du bruit sur les cailloux, et par crainte d'y trouver une vipère, il quitta le lit du torrent et escalada le versant opposé à celui qu'il avait emprunté à l'aller. Il déboucha dans un champ de maïs, où picoraient quelques poulets. Avant de poursuivre il se tourna vers l'îlot, mais la voûte de verdure ne laissait rien voir.

Suomi n'était toujours pas rentré à la maison. Tous attendaient le retour de Paolo, certains qu'il l'avait trouvé et le ramènerait bientôt. Ils furent déçus d'apprendre que là-haut dans toute la campagne, il ne l'avait pas même aperçu.

« Il court déjà, fit la vieille Meneghina, qui était venue chercher quelque chose avec Norma. C'est un mâle, que voulez-vous !

– Mais il n'a pas l'âge de l'amour !

– Il est né mâle un point c'est tout. » Et elle s'en alla en tenant Norma par la main.

XVIII

Le grand-père ne s'était pas encore levé de table que Toni apparut sur le seuil. Du pouce et de l'index, il caressa de part et d'autre ses grosses moustaches blanches, jaunies au-dessus des lèvres. Et il resta ainsi sans rien dire, regardant tour à tour Paolo et son grand-père de ses petits yeux rieurs.

« Suomi ? Suomi est revenu ? » bondit Paolo.

Toni secoua la tête ; toutefois, ses yeux continuaient à briller en fixant l'aïeul.

« C'est que… j'ai pré… j'ai prépa… »

Il balbutiait, signe qu'il était heureux.

Paolo et son grand-père se levèrent et suivirent Toni pour voir ce qu'il avait préparé. Comme ils s'approchaient de la remise, Paolo qui les précédait en courant et les observait à la dérobée s'aperçut que les yeux du grand-père brillaient aussi ; mais un éclat différent, plus sombre et presque humide, les traversait.

La porte de la remise était grande ouverte ; les volets avaient été écartés.

Paolo poussa un cri.

Un chatoiement de verre et de laques noires, bleues, rouges, vertes et jaunes ! Le landau, le brougham, le break d'écurie et la jardinière étaient là. Depuis quand ?

Dans la pénombre d'un recoin, Toni le regardait.

« Tu vois, Paolo, dit-il, elles y sont toutes, comme avant la guerre. Même les cabriolets. »

Durant la semaine, il les avait ramenées une à une. Il se levait aux aurores, quand toute la maisonnée dormait encore, et s'en allait en ville en tirant Fuga par la bride pour rapporter un bois par jour. Ainsi, il avait fini par les ramener toutes ; et avec la même discrétion, il les avait nettoyées une par une. Le reste de la journée, il fermait la remise à clef.

Paolo ne cessait de courir d'une voiture à l'autre ; ces laques de toutes les couleurs, brillantes, les vitres étincelantes du brougham et du landau, les poignées, les manivelles des freins et les moyeux des roues qui semblaient en argent, tout cela le rendait joyeux. Il aimait que tout fût redevenu comme avant, ici dans la remise et partout ailleurs. Et il n'arrivait pas à croire que Toni eût réussi à rapporter et à remettre en état tous ces bois à son insu.

Il regarda aussi la victoria, noire avec son liseré vert. Comme elle était terne, comparée aux autres voitures ! C'était la seule à être opaque, comme embuée, et son vernis montrait partout des craquelures, telles des toiles d'araignée. « Il faudra la faire repeindre, dit le grand-père. Elle a beaucoup vécu, mais elle sera comme neuve. »

Qu'elle avait l'air vieille et décatie, en comparaison, la calèche que l'on avait attelée quelques jours auparavant !

Au fond de la remise, il y avait aussi les deux cabriolets : l'un, celui du grand-père, était vert ; l'autre était rouge – Paolo se rappelait l'avoir vu, avec ses fins limons aux extrémités en métal et en cuir, attelé aux flancs blancs et impatients de Falco. Paolo les regardait, incrédule, tant il avait l'impression qu'ils avaient rapetissé. Il était plus grand que les cabriolets à présent, il les voyait de haut. Pourtant c'était bien ceux d'autrefois : il reconnut, sur chacun d'eux, le filet porte-bagages placé à l'arrière.

Son grand-père aussi observa longuement les cabriolets, allongeant sa main pour caresser le dossier du rouge. « Mon pauvre petit Manlio ! » l'entendirent-ils murmurer.

C'est alors qu'à travers la porte grande ouverte, Paolo aperçut Suomi. Il revenait lentement, le poil non plus blanc-jaune, presque rosé, mais d'un noir sale, et la queue entre les jambes. En voyant Paolo, il n'essaya même pas de courir vers lui ; il s'arrêta et le regarda, agitant seulement le bout de sa queue. Puis il s'avança vers la pergola. Que lui était-il arrivé ? Il sautillait en levant une de ses pattes arrière, qui pendait.

« Il est foutu ce chien, dit Toni plus tard. Sa patte est cassée. Il aurait mieux valu qu'il ne revienne pas. »

« Ils auraient mieux fait de le tuer », poursuivit-il en secouant la tête. Paolo sentait cogner dans sa poitrine un chagrin et une colère qui le brûlaient jusqu'aux yeux. Il le soignerait lui-même, Suomi. Il prouverait à Toni et à tous les autres qu'il avait su le guérir. D'autant plus que…

Le vétérinaire aussi secoua la tête. Il serait difficile de lui redresser la patte, dit-il, car les chiens, surtout quand ils sont jeunes, ne supportent pas les atèles.

Comment se l'était-il cassée ? Qu'est-ce qui avait bien pu lui arriver ?

« Quelqu'un lui a jeté une pierre, répondit le vétérinaire, ou lui a donné un coup de bâton. »

À présent, Paolo n'avait plus de doutes. Pendant que le docteur, penché sur Suomi (à qui il avait mis une muselière), suait pour lui appliquer l'atèle que Toni avait fabriquée, Paolo bouillonnait tellement qu'il lui fut impossible de rester. Il s'en alla seul dans le petit bois.

Lupo était là-haut dans la colline. Il avait fini par apprendre ce qu'il avait crié l'avant-veille à Borsarelli et à Battiston, quand il avait surgi du bosquet de thuyas. Lupo savait tout ; c'était lui qui avait cassé la patte de Suomi. C'était lui ! Paolo en était si sûr qu'il se sentait menacé.

Courir à la bicoque du *guzzo*, comme il avait eu l'intention de le faire l'autre nuit, et dire à Borsarelli et à

Battiston, ou à De Martino seulement, que tout ce qu'il avait raconté était faux, qu'il avait tout inventé.

Ou plutôt se confier à son grand-père, lui dire que…

Il lui suffisait de penser à son grand-père pour ne plus avoir peur, même si Lupo était tout proche et qu'il avait fait du mal à Suomi, par vengeance ou en signe d'avertissement.

Mais non, il ne se sentait pas le courage de lui raconter cette histoire. Il rougissait à l'idée de devoir tout lui dire, il ne supporterait pas cette honte.

Il courut à la bicoque du *guzzo*, à nouveau indécis. Je le raconterai à grand-père, mais seulement si c'est nécessaire, pas tout de suite, songeait-il craignant ne pas y trouver ses amis.

Il fut rassuré en entendant de loin les voix de Borsarelli et de Crippa.

« Arrête de me casser les couilles ! criait Borsarelli. Ce n'est rien d'autre…

– Ce n'est rien d'autre qu'un faux témoignage ! l'interrompit la voix aiguë de De Martino, surexcité.

– Le faux, grogna Crippa, c'est ceux qui ont toujours été faux qui le disent. »

Battiston était là aussi, il écoutait calmement, mais son visage était très animé. À peine aperçut-il Paolo qu'il vint à sa rencontre en souriant :

« On travaille à faire libérer Piveroni, dit-il. Hier soir, tu aurais vu la scène… Schippisi, un Méridional qu'on connaissait pas, un fantassin, nous a raconté qu'il avait tout vu ce soir-là sur le pont. Il sait que c'est Lupo, il est prêt à témoigner si on est avec lui, et il en parle à tout le monde. »

Je suis sauvé ! pensa Paolo, heureux de n'avoir rien dit à son grand-père.

« Les vraies charognes, c'est Tommasone, Lorusso, et celui-là, ajouta Battiston en faisant allusion à De Martino. Mais maintenant c'est terminé, ils nous prendront plus pour des cons !

– Allons, cher ami, parlons sérieusement ! » s'exclamait Borsarelli d'un ton moqueur. De Martino était en savates sur le seuil, torse nu, vêtu seulement d'un pantalon à bretelles, et quand l'*ardito* s'avança d'un pas, il recula pour se placer derrière le battant.

« Oui, parlons sérieusement », l'entendit-on dire, la voix altérée.

Borsarelli s'arrêta, les mains sur les hanches ; il éclata de rire et se tourna vers Battiston et Crippa qui se mirent à rire aussi, entraînant Paolo ; ils riaient tous en regardant De Martino prêt à se réfugier derrière la porte et à se barricader à l'intérieur de la maison.

« Écoute bien, cher ami, reprit Borsarelli, toujours planté les jambes écartées, les poings sur les hanches. Un faux témoignage c'est quand...

– C'est quand on a rien vu et qu'on sait rien, fit De Martino en reprenant son souffle, et il poussa le battant qu'il laissa à peine entrouvert.

– Ah parce que toi, tu as tout vu ? Tu y étais, hein ? dit Borsarelli.

– N... non, hésita De Martino.

– Et alors de quoi tu causes ?

– Tu n'y étais pas non plus », fit la voix de De Martino.

Un silence s'ensuivit ; Borsarelli avança d'un pas.

« Et si je te disais, cria-t-il, que j'y étais, que j'y étais avec Schippisi, un type de par chez toi, sauf que lui, il a des couilles, et que j'ai tout vu ? Et qu'il y avait aussi Battiston et Crippa. Il criait de plus en plus fort, rouge jusqu'aux tempes. Si je te disais, à toi qui n'y étais pas, que nous par contre on y était ? Si je te disais qu'on a tout vu ? Et que demain on ira témoigner devant les officiers pour dire que ton Lupo...

– Méfiez-vous ! répondit De Martino d'une voix sinistre. Vous ne pouvez pas faire ça. Je sais que vous n'y étiez pas.

– Dis-moi, puisque tu voulais parler sérieusement, renchérit calmement Borsarelli. C'est quoi un témoin honnête ? Voyons : celui qui a vu et fait croire qu'il n'a rien vu, et qui ment en accusant une personne innocente, ou bien celui qui n'a rien vu mais qui connaît la vérité et qui la dit ? Voyons.

– Gare à vous ! Méfiez-vous ! » répondit encore la voix de De Martino, de plus en plus sinistre.

C'est alors qu'on vit arriver en gesticulant un soldat brun et impétueux avec des yeux à fleur de tête.

« Tommasone et Lorusso ! criait-il. Tommasone et Lorusso ! » Et il fit un geste que personne ne comprit.

« Quoi ? s'exclamèrent Borsarelli et Battiston. Qu'est-ce que tu dis ?

– Ils ont dû être arrêtés », dit une voix à l'arrière. C'était De Martino, devenu blême. Les yeux fixes, écarquillés, il sortait à la rencontre du nouveau venu, qui n'était autre que Schippisi.

« Non... c'est pas vrai ! On les a mis au trou ? demanda Borsarelli.

– Il y a une demi-heure, répondit Schippisi.

– Bravo l'ami ! fit Borsarelli en faisant une pirouette, et il lui donna une tape sur l'épaule. Finalement, les choses vont dans le bon sens. Ce soir on trinque ! »

Le jour suivant, Piveroni fut remis en liberté. Quelques heures plus tard, on apprit que Tommasone et Lorusso avaient été relâchés aussi.

Mais personne ne put les voir, ni Piveroni ni les deux autres, car on les transféra aussitôt. Piveroni fut envoyé près de Trieste, Tommasone et Lorusso, qu'on sépara, dans deux villages de la basse Istrie.

Ainsi, tout était résolu. Avant même que Borsarelli, Schippisi, Battiston et Crippa n'eussent besoin d'agir.

Paolo les revit tous les quatre à la bicoque du *guzzo*. Ils lui annoncèrent haut et fort ce qu'il savait déjà, car à Semedella tout le monde était au courant : Piveroni avait été relâché à midi. Puis ils se turent, assis ici et là devant le mur et dans la végétation, sur des bancs bruts que Crippa avait fabriqués ces jours derniers.

Songeur, Battiston gravait quelque chose sur le banc avec son canif, sans lever les yeux ; c'était étrange de le voir ainsi absorbé.

Borsarelli avait apporté son banc sur l'esplanade devant la bâtisse et regardait, un brin d'herbe à la bouche, par-delà les peupliers de la prairie. Les jambes écartées, il agitait un pied, frappant de la semelle sur le gravier.

Marturano, celui qui était chez les couturiers et que personne ne saluait, pas même Crippa, passait par là. Borsarelli l'appela :

« Eh, tu connais la nouvelle ? cria-t-il. Piveroni est libre. Le colonel est allé lui serrer la main.

– Je sais. Tout le monde est au courant ! » répondit Marturano.

Paolo, dont les yeux passaient de l'un à l'autre, eut l'impression que Borsarelli s'assombrissait.

Battiston planta la lame du canif dans le banc ; il croisa les bras et leva la tête. Schippisi, qui était dans les thuyas avec Crippa, se leva et fulmina :

« S'ils l'avaient pas libéré ce matin, ils l'auraient libéré cet après-midi. Si ça avait encore traîné, nous, on aurait parlé, devant le roi s'il le fallait.

– Tout ça, c'est que du vent ! répondit Marturano tandis que Paolo se rapprochait de Battiston, toujours sur son banc, immobile et silencieux. Du vent ! Et les supérieurs ? Et la discipline ? Ceux qui commandent font la pluie et le beau temps, même si les imbéciles tiennent plus souvent les rênes que le balai. Vous comptiez faire quoi ? Qui écoute les soldats ? Le roi, tu dis ? Nous, le roi, on l'a jamais vu. Faut avoir de l'or sur le képi pour lui parler, nous, on est de la boue sous ses beaux souliers. »

En regardant le banc, Paolo distingua près du canif planté dans le bois ce que Battiston était en train de graver. Trois lettres majuscules : NER.

« Nom de Dieu ! hurla Borsarelli, tu veux me rendre fou, couturier de mes deux ! Piveroni est innocent, nous on le savait, et c'est ça qu'on voulait dire. Il est innocent parce que Nerina, c'est Lupo qui l'a écrasée, on peut quand même dire ces choses-là, non ? Ceux qui bouffent du pain noir n'ont pas le droit de les dire ? Faut de l'or sur le képi pour dire que quelqu'un est innocent ? Piveroni n'y est pour rien, tu piges ? C'est pas lui, c'est pas lui, c'est pas lui ! » Et il criait de plus en plus fort, on aurait dit qu'il voulait se jeter sur Marturano.

Paolo le regardait, abasourdi ; cette fois, il n'arrivait pas à comprendre pourquoi Borsarelli s'énervait autant.

« Très bien, répondit Marturano en haussant les épaules, Piveroni n'y est pour rien. Mais qui a jamais dit le contraire ? » Et il reprit son chemin.

Une fois sur le sentier du puits, il se retourna et cria :

« Si Piveroni a été relâché tant mieux pour lui, parce qu'aucun de vous ne l'aurait sorti de là ! »

Borsarelli cracha à terre et voulut le poursuivre, mais il s'arrêta ; violet de rage, il vomit, de sa bouche édentée, un seul mot :

« Couturier ! »

Puis ils restèrent silencieux un long moment. Battiston, qui n'avait pas ouvert la bouche, recommença à manier le canif sur le banc.

« Pour moi, finit par lancer Borsarelli, aujourd'hui c'est jour de fête. C'est un des plus beaux jours de ma vie, je veux pas l'oublier. C'est jour de fête, oui de fête ! » Toutefois, il prononça ces mots d'un air sombre, en tournant le dos aux autres. Il s'était appuyé à la palissade qui donnait sur la prairie et regardait gravement vers la petite église.

« De fête ! De fête ! » reprit Schippisi, en faisant les

cent pas. Mais lui aussi avait un air bizarre et contrarié. Crippa, qui regardait le ciel, couché au pied de son banc, répondit par un grognement que personne ne comprit. Battiston ne prit pas la peine de lever la tête, il continuait à graver avec son canif. Il en était désormais à la dernière lettre ; Paolo put lire : NERINA.

« Oui, de fête ! » répéta Borsarelli en se secouant et en revenant vers les autres. Son visage était sérieux, son regard inquiet. Il se tut, puis ajouta : « N'empêche, ce qu'elle est moche cette chienne de vie ! » Il se tut encore, et reprit : « Et quel pays de merde ! Les Italiens, il faudrait tous les refaire de pied en cap ! »

Suivit une autre plage de silence ; Battiston, sur son banc, fignolait la lettre A. Schippisi dit qu'à cette heure, Piveroni devait avoir rejoint son nouveau peloton, sur le Carso, au-dessus de Trieste. Personne ne nomma Tommasone et Lorusso.

« Alors, qu'est-ce qu'on fait ? finit par lancer Borsarelli. Je viens en ville avec vous. Ce soir on trinque.

– Allons-y, *fioi* », répondit Battiston en se levant le premier.

Et ils s'en allèrent, Borsarelli au milieu, Schippisi d'un côté, Battiston de l'autre, sans dire un seul mot.

Crippa, toujours étendu dans les thuyas, se releva enfin ; en remontant son pantalon, trop lâche comme toujours, il fit mine de humer l'air.

« Je sens pas d'odeur de caporal. » Et il secoua la tête.

De Martino, le caporal, personne ne l'avait vu ni entendu. « Il a filé, dit Crippa, dès qu'on a su que Piveroni avait été relâché.

– Pourquoi ? Et où il est allé ? demanda Paolo.

– Dieu seul le sait », répondit Crippa, sans rien ajouter. Mais à sa trogne renfrognée, on devinait qu'il le savait.

« Caporal qui disparaît, *coup de Jarnac* en préparation », dit-il ensuite.

« Grand-père, qu'est-ce c'est un *coup de Jarnac* ? » demanda Paolo à table.

L'aïeul le regarda avec des yeux malicieux :

« On t'a fait un *coup de Jarnac* ? Ou c'est toi qui l'as fait à quelqu'un ?

– Qu'est-ce que ça veut dire ?

– Ça veut dire un mauvais coup, une vacherie. »

XIX

Cette nuit-là, Paolo se réveilla en sursaut. Des gens couraient dans la maison, dévalaient l'escalier en bois des combles (Dora et Berta, les servantes) ; dehors, il y avait comme un mugissement dans l'air : modulé, répété, il semblait appeler à l'aide.

Un grand remue-ménage, des éclats de voix ; et le mugissement, encore.

Paolo se retrouva dans l'allée. Il fut ébloui : une immense lumière – des flammes – s'élevait de la bicoque du *guzzo*. Un son de trompette ininterrompu, fébrile, retentissait depuis la maison des couturiers. Et dans la campagne rougie, paysans et soldats couraient vers la bicoque, d'où les lueurs aveuglaient.

Tout le monde était là. La maisonnette, en flammes, se voyait à peine. C'était comme une cage de feu, toute vivante ; à l'intérieur, on entendait des crépitations, des craquements, des bruits de chute, et après chacun de ces bruits, les flammes s'abaissaient ou s'allongeaient, comme des giclées de lumière.

On aurait dit de l'eau, ce feu ; de l'eau qui coulait, toute en frissons et remous ; une cascade renversée se jetant dans le ciel. Dans l'air, il y avait une odeur de métal chauffé, de peinture, de poix et de caoutchouc brûlé, mêlée à celle des tisons, un peu âcre.

Brûlant, la poitrine et le visage en feu, Paolo voyait autour de lui des visages transfigurés, tantôt sombres et rougeâtres, tantôt enluminés d'éclairs. Dans la prairie, la petite église semblait rouge, tout éclairée ; les peupliers, immenses comme de jour, se dressaient contre un fond noir qui s'éloignait et se rapprochait en palpitant. Plus loin, on voyait la terre nue, gonflée de racines, et la masse difforme des troncs ; et par instants, l'entrée poussiéreuse du pont et le scintillement de la mer.

Paolo avait du mal à sortir de sa torpeur ; une pensée, lointaine, l'effleurait : elle part en fumée, la maisonnette qui un jour devait être la tienne, comme grand-père te l'avait promis. Et cette pensée, qui se rapprochait et le piquait, lui donna plus d'émoi et d'allégresse. Il se sentit comme exalté, grandi. C'était sa maison qui brûlait, que l'incendie détruisait jusque dans ses fondations. Il ne put s'empêcher de le dire à ceux qui se trouvaient à côté de lui ; et il souhaita, à ce moment-là, que les soldats et les paysans qui s'étaient précipités à la mer derrière Borsarelli avec force charrettes, baquets, tonneaux et seaux ne parvinssent à arrêter le feu que lorsqu'il ne resterait plus qu'un dernier tronçon de mur.

Dans cette foule de visages qui lui semblaient inconnus, il ne remarqua pas la présence de Crippa, jusqu'à ce qu'il eût entendu, tout près, le bourdonnement de sa voix. Il ne saisit pas ce qu'il maugréait, hagard, dépenaillé, les cheveux sur le groin, les yeux vides et délavés, la bouche gonflée ; mais il comprit les mots qu'il répétait : *coup de Jarnac.*

Il l'entendit le répéter, sans en saisir le sens. Quand soudain ce fut comme si s'allumait en lui une lumière plus forte que celle qui jaillissait encore de la bicoque. Tout changea : l'incendie, les visages, les crépitements. La torpeur qui l'avait tenu jusque-là s'évanouit et il eut l'impression de se réveiller. Il chercha Crippa, en l'appelant, en demandant partout si on l'avait vu. Où était-il ?

Tout en louvoyant entre les thuyas et le matériel que les soldats avaient jeté par les fenêtres, il ne lâchait pas des yeux ce feu, qui lui brûlait presque les cils. Mais à présent, c'était comme s'il voyait un autre incendie : un incendie plus cruel, plus violent ; même son crépitement était différent, comme un sifflement dans la lueur de l'aube qui rendait les visages blafards.

Un coup de Jarnac, pensait-il, un mauvais coup. L'incendie ne s'était pas déclenché par hasard. C'était un crime, une vengeance, et le coupable était De Martino, le coup de Jarnac, c'était lui qui l'avait fait. Crippa le savait.

Mais où était Crippa ?

Un peu plus tard, comme il continuait à le chercher, il fut bouleversé par ce qu'il entendit dans un attroupement devant le portail : un des soldats qui dormait dans la bicoque avait été pris par l'incendie, dans la pièce où il avait mis son grabat. On l'avait arraché aux flammes et emporté, défiguré.

« Assassin ! Assassin ! » murmurait Paolo imitant à son insu la voix de Borsarelli. Il continua à chercher Crippa le cœur battant, pour injurier De Martino avec lui. Maudit caporal, comme Lupo et pire que Lupo, et toujours prêt à décamper.

Le lendemain, à peine levé, il courut sur les lieux de l'incendie. Même les murs s'étaient écroulés, il ne restait que quelques tronçons noircis. On avait du mal à penser que dans ce petit espace où pointait un monticule de tuiles, de briques et de cendres, une maison s'élevait autrefois. Tout comme on s'étonnait de ne plus rien voir – que de l'air – entre les thuyas et le terre-plein où se dressaient les cyprès.

Alentour, le paysage était bouleversé, piétiné. Dans la bourbe et les flaques d'eau gisaient des moignons de bois carbonisés (fragments de poutres, de portes et de volets) au milieu d'éclats de verre scintillants et de miettes d'enduit noirci ; entre les décombres, des traces de pas superposées couraient jusqu'aux thuyas, où l'herbe avait disparu et où les branches déracinées pendaient, et jusqu'à la vigne sur le sentier du puits.

Il aperçut Crippa derrière un reste de mur en forme de T. Courbé, vêtu seulement d'un pantalon et d'un tricot crasseux en lambeaux, il retournait les décombres avec un bout de bois roussi ; ses mains et son visage étaient striés de cendre et de charbon.

« Crippa ! le pressa-t-il tout en essayant de se remémorer le visage des soldats qui vivaient dans la bicoque avec Borsarelli et lui. Un homme a été piégé par le feu, il a été brûlé. Qui c'est ? »

Crippa continuait à fouiller dans les décombres sans lever la tête.

« Celui qui est resté dans les flammes et qui a failli mourir... », insista-t-il, les yeux exorbités.

Crippa continuait à fouiller, lentement. Mais cette fois, une sorte de grognement s'échappa de ses lèvres.

« C'est qui ? » fit Paolo en s'approchant.

Le morceau de bois que Crippa déplaçait précautionneusement sous la cendre et les gravats, entre les tuiles et les briques, se bloqua ; Crippa plia sous l'effort, comme s'il tentait de crocheter quelque chose ; puis il plongea ses mains dans le tas et se releva, en sueur, avec un rouleau de fils de fer, encore recouvert par endroits de la gaine foncée des câbles de téléphone. Un filet de fumée noirâtre s'éleva des décombres : « Ça brûle encore », murmura-t-il.

Il jeta le rouleau un peu plus loin, à l'endroit où il avait déjà rassemblé quelques objets noircis et cabossés : une bassine en fer, une gamelle, un couteau, une chaussure. Enfin, il regarda Paolo dans les yeux, ce qu'il ne faisait presque jamais, car d'habitude il regardait ici et là, par terre.

« Celui qui est resté dans les flammes ? dit-il. C'était un type qui avait déjà le feu en lui.

– Qui ?

– Le caporal de mes deux. Celui qui voulait nous rouler dans la farine.

– De Martino ? » s'étonna Paolo qui avait du mal à y croire. Il ne comprenait plus.

« De Martino, confirma Crippa en se remettant à fouiller. Heureusement pour lui qu'il y avait une âme charitable qui a failli laisser sa peau pour le sauver. »

Et celui qui s'était jeté dans les flammes pour le tirer hors de la pièce où il suffoquait et commençait à brûler, c'était, devinez qui, son pire ennemi : Borsarelli.

Mais alors, réfléchit Paolo, un peu déçu, mais fier de Borsarelli, il n'y a pas de coup de Jarnac ! Car si De Martino s'était laissé surprendre par l'incendie dans son sommeil et qu'il avait failli y passer, ce n'était sûrement pas lui qui avait mis le feu.

Il le dit à Crippa, qui ne prit pas la peine de lever la tête :

« C'était un coup de Jarnac », s'obstinait-il. Dans son langage bizarre, qui était comme un roulis menaçant, Paolo ne comprit pas grand-chose ; toutefois, à la fin, il lui sembla que Crippa voulait dire : « C'était un coup de Jarnac ; moins on comprend, plus on peut être sûr que c'en est un. »

Ainsi courbé à fouiller avec ce morceau de bois, Crippa était devenu morose, renfrogné comme dans ses vilains jours. Il n'en dit pas plus.

« Crippa, Crippa ! » crièrent Guido, Bruno et Lena la petite idiote, en descendant de l'esplanade des cyprès. On entendait résonner un bruit de ferraille.

Bruno, le plus grand, était coiffé d'un casque énorme sur ses cheveux blonds. Guido portait une cartouchière calcinée en bandoulière, qui lui arrivait sous les genoux. Et Lena suivait, serrant contre sa poitrine un bidon d'essence vide, sur lequel elle tapait avec un caillou.

« Voleurs ! Ce sont des voleurs ! » dit soudain Crippa, qui cessa de fouiller pour lancer alentour des regards noirs, fuyants, sur les décombres et vers les thuyas.

« Voleurs et Judas, que même les foudres de Dieu ne peuvent arrêter ! »

Paolo regardait les enfants s'approcher. Il ne comprenait pas.

« Tu les as vus ? fit Crippa, ceux qui sont descendus des collines avec leurs carioles pour éteindre l'incendie ? Ils avaient pas assez de bras pour voler, tu parles s'ils apportaient de l'eau ! Et ils sont repartis avec des charrettes si remplies qu'elles passaient à peine le portail. Ici, toute la manne de Dieu s'est envolée, tu trouves plus un clou, ni avec l'aide des saints, ni avec les yeux du diable ! »

Tout avait disparu, même les bancs que Crippa avait fabriqués, qui étaient dehors, dans les thuyas. Et sur l'esplanade, le vieux hamac que Borsarelli avait tissé en fils de téléphone avait disparu aussi.

L'année précédente, il s'était produit la même chose, ici, à la bicoque, Paolo s'en souvenait. Dès que les soldats autrichiens s'étaient enfuis, à la fin du mois d'octobre, une foule de paysans – des femmes, de jeunes garçons et quelques vieillards – étaient descendus de la colline avec des ânes, des bœufs et des charrettes.

« C'est la propriété du gouvernement ! » hurlaient-ils en chargeant des grabats, des matelas et des couvertures, et ils avaient même démonté un petit canon. « C'est la propriété de l'Autriche donc c'est à tout le monde ! » Ils avaient emporté, malgré les hurlements de Paolo, les armoires et les tables appartenant à son grand-père. Puis, armés de faux et de bêches qu'ils agitaient bras levés, ils avaient saccagé tout ce qu'il y avait autour, arrachant même les piquets de vigne.

« Ici, il y avait une maison, disait Crippa, on y rentrait tous, nous et le matériel, et du matériel il y en avait une montagne. Regarde ce qui reste. Misère de misère, c'est comme chez moi quand le fleuve s'en vient couler dans nos champs. Elles sont où les briques ? et les tuiles ? Ils étaient même prêts à voler la fumée de la marmite.

Scélérats, qui ne laissent derrière eux que l'envie de voler encore. »

Bruno, Guido et Lena s'étaient approchés de lui et l'écoutaient, l'air anxieux. Mais quand Crippa se tourna vers eux, ils se mirent au garde-à-vous, la main au front pour imiter le salut militaire.

La trogne renfrognée de Crippa se détendit, s'éclaira :

« Repos ! » commanda-t-il. Alors les enfants changèrent de position, les yeux plongés dans ses pupilles.

« *À vous !* » ordonna-t-il encore, et ils se remirent au garde-à-vous.

Après avoir à nouveau ordonné le repos, Crippa s'agenouilla en souriant devant les trois enfants pour les regarder. Sur son visage détendu, ses pupilles bleues semblaient s'être dilatées ; leur lumière renvoyait une telle complicité, une telle joie, une telle affection, que Paolo ne put que songer à ce que disaient les filles : Crippa avait les plus beaux yeux du monde.

Peu après, ils s'en allèrent tous les quatre par le sentier du puits. Crippa en tête, tenant le baquet où il avait mis tout ce qu'il avait pu récupérer ; derrière, au pas militaire et en file indienne, Bruno et son casque, Guido et sa cartouchière, et Lena qui jouait du tambour sur son bidon.

Ils se dirigeaient de l'autre côté du domaine. Là-bas, dans la petite villa en face de la maison des couturiers, Crippa et les autres avaient été accueillis par un peloton de magasiniers.

XX

Borsarelli, qui était sur les lèvres de tous depuis qu'il avait sauvé De Martino, Paolo le revit quelques jours plus tard dans la cour de la ferme, derrière la maison des couturiers. Il avait des plaques rouge sombre sur le visage et une main bandée ; de prime abord, à le voir de loin, il avait l'air différent, très bizarre ; de près, on s'apercevait qu'il avait les sourcils rasés, brûlés, et que sa mèche avait disparu.

Paolo était fier de lui, et il était content qu'on sût qu'ils étaient amis. Pourtant, durant ces jours-là, un fait se produisit qui le dérouta.

Un après-midi qu'il était avec Crippa entre la villa des magasiniers et la ferme, on entendit des hurlements – forcenés, continus – qui évoquaient moins un homme qu'un porc quand on se rue sur lui avec un couteau ; et du même côté (en haut, à la frontière du domaine), un coup de fusil retentit peu après.

« Sainte Vierge ! » Là-haut, un homme dévalait les prés à bride abattue.

Avant qu'on pût distinguer son visage, quelque chose faisait sourciller. Était-ce possible ? L'homme, au-dessous de la ceinture, était nu.

C'était certainement un soldat, on le devinait à sa veste.

D'autres coups de feu retentirent. Les soldats se mirent aux fenêtres, les fermiers sortirent de chez eux ou de l'étable, les enfants accoururent et les chiens aboyèrent. L'homme continuait à dévaler la pente en hurlant.

C'était Marturano. On le reconnut – tant il était secoué, et dans cet accoutrement – seulement quand il arriva dans le pré au-dessus de la cour. Il venait droit vers la ferme, la bâtisse la plus proche, sans s'occuper de ce que là devant, toutes les femmes étaient rassemblées, jeunes et vieilles, et il y avait même Lucia, la plus jolie des filles de Bepi (sortie la première, elle était rentrée aussitôt pour appeler Irma et Marietta).

Marturano déboula dans la cour. Et tandis que Lucia feignait de couvrir son visage de ses mains pour étouffer son rire, tout en échangeant des coups de coude avec ses voisines, Lucia l'ancienne, la femme de Bepi, tendit un vieux linge au soldat nu.

On le fit passer en cuisine juste au moment où Borsarelli apparaissait au-dessus des prés, sur un talus, en train de ricaner le pistolet à la main. Derrière lui arrivait Schippisi, qui tenait quelque chose.

Pourquoi s'acharnaient-ils de cette façon contre Marturano ?

Paolo se souvint que là-haut s'étendait le vallon où un matin il avait surpris Draga, que Marturano était venu retrouver. Il se souvint aussi de la dispute survenue quelques jours plus tôt à la bicoque du *guzzo*, quand en entendant la pique de Marturano, Borsarelli avait craché par terre et voulu le poursuivre ; puis il s'était arrêté pour vomir un seul mot : « Couturier ! »

Pourquoi Borsarelli et Schippisi l'avaient-ils mis tout nu et fait cavaler de cette façon ? À cause de Draga ? Ou toujours à cause de Piveroni ?

Dans la cuisine, sous les yeux de tous, Marturano était assis sur un banc près du mur, son chiffon sur le ventre, serrant ses jambes maigres et poilues, claquant des dents comme si c'était l'hiver. Et ses rares cheveux, hérissés par la peur, lui donnaient un aspect plus misérable encore.

Quand Borsarelli entra pour venir déposer sur la table le pantalon de Marturano – ce long pantalon de travail qui ressemblait à une culotte – on entendit distinctement, dans le silence qui tomba, les dents du couturier claquer. Personne ne rit.

Paolo en fut bouleversé. Plus encore que pour Marturano, il se sentit meurtri pour Borsarelli, dont l'amitié l'avait rempli d'orgueil ces jours derniers. Il avait honte pour lui. En revoyant Marturano dévaler les prés sans pantalon puis se terrer et claquer des dents dans la cuisine, il éprouva une sorte de remords, et de la colère, comme si c'était aussi sa faute.

Et cette déception, presque un sentiment d'outrage, grandissait en lui quand il entendait Borsarelli chanter à gorge déployée, comme maintenant :

Je voulais bécoter ses mamelles
Mais elle me dit que nenni
Mais elle me dit que nenni
Par-dessus il y a la dentelle
Embrasser c'est interdit
Embrasser c'est interdit !

L'indifférence, voire la réjouissance des couturiers devant le sort réservé à Marturano provoquait chez Paolo tantôt un effet rassurant, tantôt un sentiment de honte accru. Bien qu'il fût un des leurs, les couturiers n'avaient pas pris la défense de Marturano ; au contraire, ils ricanaient et se fichaient de lui comme s'ils étaient de mèche avec Borsarelli, qui pourtant méprisait tous les couturiers et ne discutait jamais avec eux.

Dans tout le domaine, Marturano devint, y compris pour les filles, le « cul-nu ».

« Fais gaffe, la prochaine fois qu'il t'enlèvera le pantalon, il te les coupera, lui dirent-ils un jour.

– Il va te martyriser, ajouta quelqu'un.

– Martirano ! Martirano ! » hurlèrent-ils.

Depuis ce jour, on ne prononçait son nom qu'ainsi estropié.

« Mais pourquoi ? demandaient Lucia la jeune et les autres filles de la cour, Euclide s'en est pris à Marturano, au point qu'il a failli le crever ? »

(C'était la première fois que Paolo entendait le prénom de Borsarelli.)

« Borsarelli veut refaire tous les Italiens de pied en cap, et il a commencé par Marturano, répondit en riant un couturier petit et gros, originaire d'Udine. Voilà pourquoi. »

Pour apprécier la compagnie de Borsarelli, Paolo devait se rappeler qu'il s'était jeté dans les flammes pour sauver De Martino, comme en témoignaient les plaques sur sa figure et ses cheveux brûlés.

Concernant De Martino, qui avait été admis à l'hôpital militaire de Trieste, les nouvelles étaient assez bonnes. Passé les premiers jours, durant lesquels les médecins désespéraient, il commença à récupérer. Mais il ne disait pas un mot, rapportaient ceux qui lui avaient rendu visite. À croire qu'il était devenu muet.

« Toi aussi, tu penses que c'est De Martino qui a mis le feu ? demanda Paolo à Borsarelli.

– Ah parce que tu le crois assez courageux ? répondit-il. Tu le connais pas ? T'as pas remarqué que c'est un froussard né ? En plus il dormait, il s'était enfermé dans la chambre parce qu'il avait toujours peur de nous... Comment veux-tu qu'il ait mis le feu, s'il ronquait ? Non, c'est pas lui. Pour l'en sortir, j'ai dû défoncer la porte. »

Il se tut quelques instants puis reprit :

« Non, ça peut pas être lui. Mais c'est quand même sa faute, parce que l'incendie s'est pas déclenché tout seul, nom d'un chien ! C'était pas un court-circuit ni une cigarette. »

Paolo ne comprenait pas : l'incendie ne s'était pas déclenché tout seul. Mais pourquoi était-ce la faute de De Martino, si ce n'était pas lui qui l'avait allumé ?

« Viens voir par-là », fit Borsarelli en le conduisant à la

décharge située à côté de l'étable, sur le talus au-dessus de la cour des fermiers.

« Tiens, tu le vois celui-là ? » Sur un tas de détritus, il donna un coup de pied dans le bidon que Lena avait utilisé comme tambour. « Les gosses l'ont trouvé qui gouttait encore d'essence. Et tu sais où ?

– Près de la bicoque, entre les cyprès.

– Alors tu le sais ? » Borsarelli fronça son sourcil brûlé.

Il donna un autre coup de pied dans le bidon, qui fit un bruit creux et roula dans l'herbe sous la décharge.

« Regarde, regarde ! cria-t-il en levant l'index, il goutte encore ! Quelqu'un, et moi, je sais qui, ajouta-t-il, doit l'avoir versé cette nuit-là autour de la maison. Il a tout aspergé, tu piges ? la grande porte, les deux portillons et les volets. Puis *chouf, chouf,* deux allumettes. Et le bidon, il l'a jeté en bas dans les plantes. »

« Quelqu'un, et moi, je sais qui. » Est-ce que ça pouvait être Crippa ? Le souffle coupé, Paolo regarda tout autour de lui. Crippa ? lui qui avait parlé de coup de Jarnac ? Non, non.

Qui alors ?

Il regarda Borsarelli et rencontra deux yeux bleus saillants et exaltés, sous ses sourcils rasés qui lui donnaient un air d'albinos. C'est lui, pensa-t-il. Et c'est pour ça, à cause du remords, qu'il s'est jeté à l'intérieur pour sauver De Martino, qui sinon serait mort par sa faute.

Paolo détourna le regard, le fixa dans l'herbe, sur le bidon qui étincelait au soleil.

« C'est qui ? osa-t-il à peine.

– Lupo » entendit-il. Et comme il gardait les yeux baissés, il sentit dans ses cheveux la caresse, légère, de la main de Borsarelli.

C'était la première fois qu'on prononçait à nouveau le nom de Frangisacchi. Et il l'entendrait tellement de fois, les jours suivants, qu'il resterait dans ses oreilles jusque dans son sommeil.

Un matin, Paolo trouva un attroupement devant la maison des magasiniers. Que se passait-il ?

Il y avait tous les soldats – même les couturiers – et aussi les fils et les filles des fermiers ; au milieu se dressait la silhouette de Borsarelli, qui tenait quelque chose à la main, une petite feuille bleue.

« Hé quoi, vous ne l'avez pas vue ? disait-il. La lettre est là. Et avec tous les tampons.

– Et alors ? demandaient les gens qui se serraient autour de lui en lorgnant le papier.

– Et alors quoi ? Vous pigez pas ? répondit Borsarelli. Lupo est déjà derrière les montagnes. Regardez les timbres, ils ont la tête de notre roi peut-être ? Non. Lupo a passé la frontière. » Borsarelli montrait l'enveloppe, mais la lettre il la tenait en l'air, et si quelqu'un se dressait pour lire, il levait le bras plus haut.

« Il s'est planqué en Croatie, et il a bien fait, le cochon. Là-bas, il se retrouvera au milieu des porcs, et les femmes il les laissera tranquilles, s'il veut pas se ramasser un coup de couteau. »

Assassin et déserteur, Frangisacchi venait de passer la frontière ; mais où était-il caché jusque-là ?

« On savait qu'il était là-haut, reprit Borsarelli en montrant la colline. Et que Dieu lui coupe les couilles, à celui qui l'a aidé, si ce saligaud en a jamais eu. C'est seulement quand il a essayé de nous brûler vifs que j'ai compris qu'il y était encore. »

Jusqu'au soir, on ne parla que de ça, chez les militaires comme dans la cour des fermiers, et dans la cuisine de la maison, et au puits. Paolo s'arrêtait ici et là, partout où l'on pouvait apprendre quelque chose ; et il courait raconter aux uns ce qu'il avait appris des autres. Pendant ces quelques heures, il en apprit autant que tout ce qu'il avait entendu durant l'été ; restait à savoir si tout était vrai.

Tout d'un coup, c'était comme si tous – militaires, paysans, domestiques – avaient des tas de choses à raconter ; Paolo ne comprenait pas pourquoi ces gens s'étaient tus jusqu'alors.

Où s'était caché Frangisacchi après l'accident ? Là-haut sur la colline, à mi-côte ; dans une grange disaient certains, dans la ferme d'un slave de Lubiana, un ancien gendarme autrichien à moitié fou qui à la fin de la guerre était resté, disaient d'autres. Et qui l'aidait, qui lui apportait à manger ? Draga. Alors les discours fusaient, et les ricanements. C'était Draga qui s'était occupée de lui, qui lui portait le pain et l'argent que d'autres hommes lui donnaient. Ça veut dire que Lupo était resté terré là-haut tout ce temps ? Tu parles ! Il rôdait la nuit ; et il savait tout, parce que De Martino courait le retrouver chaque jour.

Lupo rôdait la nuit venue. « Le premier qui parle, allait-il dire aux chauffeurs, quand Piveroni était encore là, je lui coupe les couilles, parole de Lupo. » Tommasone et Lorusso, comme De Martino, le voyaient tous les jours.

Et l'essence pour brûler la maison, Lupo l'avait déjà sur la colline, parce qu'il avait passé l'année à en voler au gouvernement : des tas de bidons, qu'un autre se chargeait ensuite de cacher.

Mais pourquoi avoir mis le feu à la bicoque du *guzzo* ? Quel rapport ?

« Pour nous brûler vifs dans notre sommeil ! répondait Borsarelli. Sauf qu'il a raté son coup. »

Frangisacchi avait mis le feu dès qu'il avait su que Piveroni avait été relâché. Il croyait peut-être que Borsarelli, Crippa et Battiston avaient déjà déposé, et que Piveroni avait été libéré à la suite de leur témoignage.

Ce jour-là aussi, De Martino avait dû courir l'en informer ; Crippa s'en était aperçu, puisqu'il ne cessait de répéter : « Caporal qui disparaît, coup de Jarnac en préparation. » Mais il avait failli y laisser la peau, le caporal Sa-Majesté-restez-à-l'arrière. Et, soit parce qu'il le croyait de mèche avec Borsarelli et Crippa, soit parce qu'il n'en avait rien à foutre de lui pourvu que vengeance soit faite, Lupo n'avait pas hésité à brûler la maison tout en sachant que De Martino y dormait aussi.

Quand on parlait de Lupo, on finissait par nommer Draga, ou à y faire allusion, y compris les filles ; et à chaque fois, entre les boutades et les sarcasmes que Paolo ne comprenait pas, bien qu'il fût très attentif, les yeux des hommes s'allumaient, et leurs bouches, tout en esquissant une moue de mépris, souriaient. Quand Borsarelli était présent, Paolo le regardait avec appréhension. « Il va leur sauter dessus, pensait-il, et les faire galoper comme Marturano. » Aussi, il évita de parler de sa rencontre avec Draga dans le vallon.

Curieusement, il ne se passa jamais rien. Borsarelli semblait d'accord avec les autres, même si de sa grande bouche jamais un mot sur Draga ne sortit. Une fois seulement, comme il quittait le groupe pour rentrer chez les magasiniers, il s'arrêta, se planta les jambes écartées et lança aux soldats :

« Ça vous plaît que les femmes soient des putes, pas vrai ? Alors ne les traînez pas dans la boue si elles le sont. Entre nous et les putains, il doit y avoir une solidarité, une solidarité secrète ! » ajouta-t-il en feignant de plaisanter. Puis, se tournant vers les jeunes filles, parmi lesquelles se trouvait Lucia, il esquissa une révérence : « Avec votre permission, bien entendu, Mademoiselle Lucia ! » Et tous éclatèrent de rire.

Ce que Paolo apprit plus tard éclaira enfin toute l'histoire. Mais il n'en revenait pas. Ce qu'il avait imaginé ces derniers mois au sujet de Borsarelli et de Draga était faux.

Frangisacchi – tout le monde le répétait désormais – avait fait la connaissance de Draga pendant la période du « dérapage », quand il avait été obligé de rester au domaine y compris le soir, pendant que Piveroni et les autres suaient sang et eau devant le portail pour récupérer le camion. Au début, Lupo semblait fou de rage d'être sans véhicule (« Hé, ce soir tu peux pas faire le coq avec Nerina ! lui criait-on. À pied, t'es pas beau à voir, les filles voudront plus de toi ! ») et il aurait étranglé Piveroni qui l'avait mis dans ce pétrin ; puis il avait trouvé à s'occuper avec Draga, comme disaient les soldats, et il avait brisée sa vie, comme disaient les femmes.

Paolo repensa au matin où il avait croisé Draga en larmes dans les escaliers. Puis il se souvint de tout ce qu'il avait appris par la suite : sa grand-mère l'avait « surprise » avec un homme qui s'était enfui par la fenêtre, personne n'arrivait à savoir qui c'était, un paysan ou un militaire, et on avait parlé longtemps de l'incident.

Et qui avait été le premier à y voir clair dans cette affaire ? Crippa.

« Avoue-le, abruti ! lui avaient dit certains soldats en l'encerclant. Draga, la jolie poulette, c'est toi qui l'as croquée ? »

Crippa les avait écartés à coups de coude.

« Celui qui dévore les poulettes, c'est le loup », avait-il répondu les yeux baissés.

Les soldats l'avaient suivi.

« Que veux-tu dire ? C'était qui ?

– Je viens de le dire.

– Tu veux dire que c'était Lupo ?

– Voilà, c'est toi qui l'as dit. »

« Mais que voulez-vous qu'il sache, ce pauvre crétin, qui comprend même pas que sa fille n'est pas de lui ! » avaient-ils ricané plus tard. Et dans cette histoire de Draga, on ne parla plus de Lupo.

Et maintenant, tout le monde disait que Draga, c'était Lupo qui se l'était faite : cette nuit-là, c'était lui que la grand-mère avait failli surprendre dans la mansarde, s'il n'avait pas eu des bras de singe pour descendre dans le petit bois par le tronc du cèdre.

Crippa était là, au milieu des autres, vêtu de la veste neuve que lui avaient offerte les couturiers. Il ne disait rien.

« Sacrée trogne d'idiot ! le secoua Borsarelli. Tu en sais plus que nous tous réunis. Tu regardes par terre et tu renifles comme un chien. Comment tu as fait pour savoir que Lupo était avec Draga ? Et comment tu l'as compris le matin même ?

– Les molletières, grogna Crippa.

– Les molletières ?

– Oui, les molletières. Avant il les avait couleur merde comme les Anglais, et après ce matin-là il les a eues comme nous. »

C'était vrai. Tous s'en souvenaient : depuis ce jour-là, Frangisacchi n'avait plus porté ses guêtres kaki, mais des molletières gris-vert, comme tout le monde.

Une clameur s'éleva :

« Et alors, quel rapport ? »

Crippa regarda par terre, et quand le silence se fut installé :

« Qui s'enfuit perd toujours quelque chose.

– Et en s'enfuyant, Lupo a laissé ses molletières ? Il les a laissées dans la mansarde ? »

Ce jour-là, on continua à parler de cette histoire et de bien d'autres choses.

Et Paolo écoutait.

Il arriva une chose stupéfiante : à la faveur de tous les grands discours, témoignages et commentaires suscités par la lettre de Lupo arrivée de Croatie, Borsarelli et les couturiers finirent par se lier d'amitié. Ils riaient et se tapaient dans le dos. Seul Marturano ne réapparut pas ; on ne le vit pas non plus les jours suivants, quand Borsarelli tenait compagnie aux couturiers.

Mais Paolo en avait assez de les entendre : il voulait savoir si les molletières de Lupo étaient toujours dans la chambre de Draga, maintenant occupée par Berta. Avant d'interroger les domestiques, il comptait aller lui-même inspecter les combles.

Il chercha partout et finit par les trouver : elles étaient sous le lit, déroulées comme des serpents et recouvertes de poussière.

Exultant, et sans répondre à sa grand-mère qui l'avait appelé deux fois du salon en le voyant entrer et sortir en courant, il retourna chez les soldats.

Ils accueillirent les molletières à grands cris ; Borsarelli les lui avait presque arrachées des mains, il voulait les garder pour lui.

« En échange, lui dit-il, je te donnerai mon fez. Quoi, tu ne l'as jamais vu ? Mon chapeau d'*ardito*, tu sais, ce truc noir qui ressemble à celui que les bersagliers ont en rouge.

– Si, si, je vois. » Paolo le lui avait vu porter quelquefois, en fanfaron, presque sur la nuque, avec le long pompon noir sur ses épaules, et il avait l'air un peu farouche. « Oui, donne-le-moi. Tu me le donneras quand ?

– Je te le donnerai. C'est la seule chose que j'ai sauvée de l'incendie. »

Paolo, heureux, tremblait d'impatience. Et pendant ce temps, Borsarelli enfilait les molletières kaki. Tous étaient joyeux ce soir-là, comme Paolo ne les avait jamais vus.

Ils continuèrent à plaisanter, puis se mirent à siffloter, assis dans le pré au-dessus de la cour des fermiers. Un peu plus tard, ils recommencèrent à badiner.

« Quelle belle maisonnette pour deux ! s'était exclamé un des couturiers, un bolognais, en regardant un point à mi-flanc de colline. C'est la première chose que je vois en ouvrant les volets, et je me dis… »

Tous se tournèrent pour regarder de ce côté-là.

« La petite maison bleue ? bondit Paolo. Je la connais, c'est seulement… »

Borsarelli l'interrompit en faisant un clin d'œil au Bolognais.

« Si on y passait chaque nuit avec une autre, rit-il, ce serait un sacré bordel. » Tous se mirent à ricaner. « Ben quoi ! Un beau bordel de campagne ! » Il rit encore en regardant, les yeux mi-clos, ses jambes aux molletières kaki. C'était le plus joyeux de tous.

En remontant la grande allée pour rentrer à la maison, sans avoir encore obtenu le fez, Paolo l'entendit entonner un air qu'il n'avait jamais chanté.

Non, ma petite, non !
Tout ça ne va pas…

Sa voix montait, un peu rauque.

Faut dire adieu à l'amour
Quand le bonheur s'en va

Mais le plus heureux, c'était Paolo, qui songeait au fez. Les molletières en revanche, il préféra ne pas en parler à ses grands-parents, de crainte que sa grand-mère ne reprochât à Dora et à Berta de ne pas faire le ménage sous les lits.

Les jours suivants, il recommença à descendre à la bicoque du *guzzo*. Suomi l'accompagnait en laisse, il sautillait avec son atèle ; et c'était un crève-cœur parce que même avec la muselière, il essayait de se l'arracher.

XXI

Le jour où Toni réattela pour la première fois la victoria, Paolo voulut aller en ville avec son grand-père, assis à ses côtés, comme il avait l'habitude de faire des mois auparavant.

Il était impatient de voir comment Fuga mènerait la victoria ; et ça lui procurait un certain plaisir, qu'on le remarquât dans cette voiture, belle et confortable malgré son vernis écaillé. En ville, il espérait aussi rencontrer Battiston, qu'il n'avait plus revu depuis la veille de l'incendie.

Il partit donc avec son grand-père, et c'est justement ce matin-là que se produisit un incident qui l'intrigua et l'inquiéta.

Un homme jeune, vêtu d'une veste militaire, mais avec un pantalon et des molletières gris-vert, s'approcha de son grand-père alors qu'il était encore en voiture et se mit à lui parler frénétiquement : le mot « slave » revenait constamment sur ses lèvres.

Immobile, sans rien dire, l'aïeul l'écoutait ; Paolo vit son expression changer, se raidir, tandis qu'il dressait la tête et le cou, où une veine gonflait.

« Non, non et non ! cria-t-il soudain. Vous ne comprenez donc pas que vous allez tout gâcher, que vous donnerez raison aux autres, que… » Il semblait sur le point d'étouffer.

L'homme s'approcha plus près de la voiture et recommença à parler, un peu courbé, à voix basse, d'un ton presque débonnaire. Ayant sans doute remarqué que l'aïeul s'assombrissait à nouveau, il devint même affectueux, l'appelant ici et là « *barba* Paolo », comme si d'une certaine manière il était son petit-fils.

Le vieillard se calma un peu, mais ne céda pas. Au contraire, il dressa brusquement la tête et sembla sur le point d'exploser :

« Non ! Non, je ne suis pas des vôtres ! cria-t-il. Je ne suis pas des vôtres. Des violences, non ! Des abus de pouvoir, non ! »

Il fit un signe à Toni qui s'était retourné sur son siège :

« Partons ! » dit-il, et il laissa l'autre, pantois, sur la route.

Ils le retrouvèrent sous leur nez une demi-heure plus tard. Le grand-père était descendu dans sa demeure citadine (au premier étage habitait l'oncle Marco, et au rez-de-chaussée, à la fois côté rue et côté jardin, l'aïeul avait plusieurs pièces qui lui servaient de bureau), et comme il passait la porte cochère rouge qui s'ouvrait dans le mur d'enceinte, l'homme aux culottes militaires se planta devant lui.

Slaves, slaves, slaves, entendait encore Paolo ; l'homme parlait à nouveau frénétiquement.

Paolo vit son grand-père s'écarter de lui, brusquement, et presser le pas vers la victoria ; puis il fit volte-face et revint en arrière.

« Mon cher, dit-il à l'homme en posant une main sur son épaule et en détachant les mots, je vous dis aujourd'hui ce que je disais il y a trente ans déjà : il faut faire preuve de fermeté, bien sûr, pas de faiblesse ; mais il faut avant tout de l'intelligence et de l'humanité ! » Alors il le quitta et s'empressa de remonter en voiture.

« Ce qu'il faut, c'est le bâton ! *Barba* Paolo ! » dit l'autre en essayant de sourire (son regard fut aussitôt traversé d'une crainte, peut-être le regret d'avoir laissé échapper cette phrase) tandis que la victoria s'ébranlait.

« Vous récolterez la tempête ! » répondit le grand-père en se retournant. Et Paolo, qui ne pensait plus à Battiston, l'entendit haleter longtemps.

XXII

Crippa avait raison : les ruines de la maison disparaissaient. Chaque matin, il y en avait moins ; les chambranles en pierre avaient déjà disparu, à présent c'était le tour des briques et des tuiles en bon état ; même les gravats semblaient diminuer ; tant et si bien qu'il ne resta, entre les herbes qui commençaient à percer, que le plancher du rez-de-chaussée.

Ils sont donc slaves, se demandait Paolo, ces gens de la montagne qui ont tout pris ? Ce sont les pro-Autrichiens et les Slaves qui ont tout « saccagé », comme au moment où la guerre a éclaté ? C'était pour ça, alors, que l'homme au pantalon militaire était furieux ?

Mais pourquoi son grand-père défendait-il les Slaves ? Paolo ne comprenait pas. Ou plutôt, il devinait qu'en dessous, il devait y avoir bien d'autres choses ; et il était avide de les découvrir.

La bicoque du *guzzo* allait bientôt renaître de ses cendres, en quelques semaines seulement. Des officiers vinrent pour regarder, pour mesurer ; et les travaux commencèrent.

Les soldats qui montaient les murs et ceux qui coupaient et rabotaient les planches pour le sol et les volets provenaient d'une autre unité du Génie : c'étaient des maçons et des menuisiers. Crippa les aidait, portant des brouettes de briques et des sacs de chaux, préparant le mortier.

Le grand-père, qui n'avait pas dit un mot au sujet de l'incendie de la bicoque, était tout joyeux maintenant qu'on la reconstruisait. Il avait toujours aimé voir construire, et c'était aussi pour cette raison qu'ici à Semedella, il avait fait bâtir des villas et des maisons, des fermes, des remises et des écuries. Mais ces jours-là, un autre motif le rendait heureux. Après la victoria, Toni avait attelé Fuga à la jardinière, au break, et, un jour de pluie, même au brougham, réparant tour à tour les harnais. Et Fuga menait parfaitement tous ces bois, sauf le brougham qui la fatiguait, au retour, sur le raidillon de la grande allée.

La grand-mère, en revanche, était d'une autre humeur.

« Que vas-tu faire de toutes ces voitures maintenant ? se fâchait-elle. À quoi serviront-elles, sinon à nous coûter de l'argent ? Mieux vaudrait les vendre. »

Le souffle coupé, Paolo regardait le visage de sa grand-mère puis celui de son grand-père ; voyant l'expression de ce dernier, il fut rassuré.

« Non ! fit-il en secouant la tête. Pas question de les vendre ! » Et il lança une œillade à Paolo, haletant légèrement.

« Tu sais pour qui je les garde ? » lui demanda-t-il un jour ; puis dans son silence à elle, il esquissa du menton un signe vers Paolo qui, de joie, sentit le feu lui monter aux joues.

Un jour qu'à table sa grand-mère avait renchéri : « Mais que comptes-tu en faire ? Elles ne donnent que des embêtements. Et elles se font vieilles. Il nous suffirait de deux voitures : la victoria à la belle saison et le brougham l'hiver », son grand-père avait ri en faisant trembler sa mouche et avait répondu du tac au tac :

« Tu sais à quoi je songe ? Ses yeux brillaient.

– Non. À quoi ? se raidit-elle.

– J'aimerais acheter une paire de beaux chevaux d'attelage. »

Paolo passait presque tout son temps au chantier de la maison du *guzzo*. Il aimait à penser qu'un jour son grand-père la lui donnerait (il le lui avait promis plusieurs années auparavant, Paolo se le rappelait), et il adorait aider, mettre la main à la pâte. Faire passer les briques aux maçons et, parfois, étendre à la truelle une couche de mortier sur le mur en construction, poser et presser d'une certaine façon – en appuyant suffisamment mais pas trop – une pierre cuite, puis une autre. Et à être précis, à bien faire comme les gens du métier, il mettait une ferveur, un acharnement qui lui donnait le même plaisir que la fois où il avait labouré et cultivé un bout de terrain avec Guido.

Avant les vendanges, la maisonnette fut prête, pleine d'odeurs fraîches de chaux et de mortier, de bois et de peinture ; mais Borsarelli et Crippa ne s'y réinstallèrent pas tout de suite. Ils attendaient que les murs fussent secs.

Paolo songeait toujours au fez. Chaque fois qu'il voyait Borsarelli avec ses molletières kaki, il se rappelait sa promesse et brûlait de l'avoir.

« Tu l'auras, tu l'auras, lui répondait l'*ardito.* C'est que je dois d'abord le nettoyer. Il pue la tranchée. »

Paolo aurait voulu qu'il le lui montre, au moins ; il l'avait à peine entrevu, une ou deux fois, sur la tête de Borsarelli. Mais les jours passaient, et rien. L'*ardito* n'avait pas l'air pressé de le sortir, ne serait-ce que pour le lui montrer. Inquiet, Paolo ne quittait pas Borsarelli des yeux ; il ne disait rien, mais son regard était une prière, parfois piquée de rancœur.

Un jour, il alla fouiller dans les affaires des télégraphistes qui étaient logés chez les magasiniers. Il voulait au moins le voir, ce fez qui allait être le sien.

Il ne le trouva pas. En revanche, il tomba sur une feuille sale et cornée, de couleur bleue, d'où émanait un parfum douçâtre qu'il avait parfois senti, le dimanche, sur Draga. « Vous avez bien rôti ? » était-il écrit en majuscules. Suivait une insulte que Paolo avait souvent entendu prononcer par les militaires et dont il n'avait jamais voulu demander la signification : « Allez vous faire enculer, si vous êtes encore en vie. » La lettre s'achevait par une signature : « Lupo ».

Il s'empressa de replacer la lettre dans la giberne où il l'avait trouvée et, renonçant à chercher le fez, il fila.

Ces jours-là, Borsarelli descendait souvent au buffet ; il avait la mine sombre et les yeux chavirés. Paolo avait l'impression qu'il le fuyait. Était-ce pour éviter qu'il lui réclame le fez ?

Pourtant, un matin, il croisa son regard, et avant même que Paolo ne se manifeste, Borsarelli en parla :

« Il est déjà à toi, lui dit-il. C'est moi qui le garde, mais il est à toi. Je te le donnerai le jour où je serai démobilisé. »

Un après-midi, Battiston réapparut. Mais Borsarelli, toujours taciturne, le regard grave et inquiet, fit à peine attention à lui et disparut peu après.

Seul avec Paolo (Crippa était allé frotter le plancher de la maison du *guzzo* avec un balai-brosse et un seau), Battiston se tenait sur le muret qui fermait la cour devant la maison des couturiers. Ils regardaient tous les deux vers la route provinciale et le pont, où passaient des charrettes chargées de cuves et des ânes portant des tines ; les vendanges – on le devinait aussi à cette odeur de moût dans l'air – avaient commencé. Battiston sortit son portefeuille, fouilla à l'intérieur avec ses gros doigts et en retira une petite feuille jaune et grasse : un calendrier. « En ce moment, dit-il en se penchant pour se repérer avec l'ongle, par chez moi aussi c'est les vendanges. » Puis il releva la tête et resta quelques instants le portefeuille ouvert sur les genoux.

Paolo regardait ce gros portefeuille, où il y avait des tas de choses, des cartes, des photographies, des lettres. Il le fouillait des yeux, il cherchait un endroit précis ; voilà, il avait trouvé.

« Tu ne l'as plus ? » dit-il soudain en regardant Battiston en face.

Bat comprit, comme si lui aussi avait été frappé par la même pensée :

« Non, je l'ai donnée à Piveroni quand il est parti. »

Paolo se souvenait de la fois où les officiers étaient venus examiner le camion de Frangisacchi ; avant qu'Anielluccio n'allumât le moteur, Battiston s'était penché devant le capot, sur la manivelle, pour saisir délicatement quelque chose entre le pouce et l'index : une mèche de cheveux châtains avec un grumeau de sang, qu'il avait ensuite enveloppée dans du papier à cigarette et rangée dans son portefeuille.

« En voyant ça il a éclaté en sanglots, le pauvre Pivero », dit Battiston. Puis il se tut.

Ce soir-là, après que Battiston fut retourné en ville, Paolo entendit s'élever une clameur dans la maison des couturiers ainsi qu'un branle-bas de portes qui claquent et de gens qui courent.

La voix de Borsarelli tempêtait :

« Et moi, je vous dis qu'il ne viendra pas ! »

Et dans cette apocalypse, les couturiers s'enfuyaient (certains même par les fenêtres).

« Qui a dit ça !? hurlait Borsarelli, et on avait l'impression qu'il était en train de tout casser à l'intérieur. Qu'il me le dise en face s'il a du cran, je vais te lui régler son compte, moi ! »

Quand on le vit ressortir, il était essoufflé. Mais il continuait à répéter : « Il ne viendra pas, par le Tout-Puissant ! Il ne viendra pas si nous on y est !

– Qui ne viendra pas ? demanda Momi, qui en entendant ce vacarme était accouru des étables.

– Lénine, répondit en souriant Lucia la jeune.

– Qu'est-ce qu'il en sait ? » fit Momi en revenant sur ses pas.

Voilà ce qui s'était passé, expliqua ensuite Lucia : quelqu'un, chez les couturiers, s'était exclamé : « Un jour

Lénine viendra ! » Et Borsarelli, qui passait par là, était devenu fou furieux.

Paolo le vit fou furieux le lendemain aussi ; mais avec des yeux étincelants, plus exaltés que jamais. Il portait le fez (Paolo le voyait enfin), parlait de Fiume, de D'Annunzio, de Garibaldi, et pestait contre les Slaves et le gouvernement[1].

De Fiume et de D'Annunzio, Borsarelli continua à en parler les jours suivants, devant les soldats et les fermiers qui faisaient cercle autour de lui. Puis, un beau jour, il disparut.

« Ben dis, tu sais où il est passé Borsarelli ? demanda quelqu'un à Crippa, qui s'était réinstallé à la bicoque du *guzzo*.

– Il a déserté. »

Paolo fut presque plus bouleversé par cette nouvelle que par l'idée d'avoir perdu le fez, que Borsarelli avait emporté dans ses affaires. Borsa avait déserté, comme les soldats qui ont la trouille, comme Lupo l'assassin. Était-ce vraiment vrai ? Mais alors, pensa-t-il, c'était peut-être lui qui avait mis le feu à la maison du *guzzo*, et qui sait ce qu'il avait fait d'autre. C'était pour ça que…

« Et où est-il maintenant ? Où s'est-il enfui ? »

Crippa ne répondait pas, il ne voulait pas le dire. Mais il finit par laisser échapper une de ses phrases habituelles – que Paolo ne put saisir – puis rentra dans la bicoque.

1. À la suite des négociations de paix de 1919, l'Italie obtient Trente, Trieste et l'Istrie. Se sentant flouée, une partie des Italiens dont le poète Gabriele D'Annunzio, très populaire, revendique l'annexion de la Dalmatie et de Fiume (Rijeka en Croatie), qui avait déjà un statut autonome sous l'empire austro-hongrois. Le 12 septembre 1919, D'Annunzio prend la tête d'une expédition composée d'anciens *arditi* et soutenue par l'Association nationaliste italienne et proclame l'annexion de Fiume à l'Italie. L'occupation durera seize mois. Après l'échec de négociations entre les rebelles et le gouvernement italien, l'armée régulière évacuera la ville de force en décembre 1920. *(NdT)*

« Il est allé à Fiume ? Je m'en doutais ! exulta Lucia la jeune. Mais alors, ce n'est pas un déserteur ! C'est le plus courageux de tous, au contraire ! Les déserteurs, ajouta-t-elle en s'adressant aux couturiers, c'est vous, qui restez plantés ici. »

Paolo aussi était radieux. Durant ces jours-là, il ne pensa pas à autre chose ; finalement, il était heureux que Borsa s'en fût allé avec le fez qu'il lui avait promis : ainsi, à son retour, il aurait le fez d'un *ardito* qui était reparti en guerre.

XXIII

La fugue de Borsarelli, on continua à en parler lors les vendanges, durant lesquelles presque tous les soldats se joignirent aux fermiers. La grand-mère s'était raidie à l'annonce que les couturiers et les autres seraient lâchés dans les vignes munis de serpes et de tines ; mais les fermiers la persuadèrent de les laisser faire : « Ils ne peuvent pas voler, disaient-ils, s'ils sont avec nous, on les surveillera d'autant mieux. »

Assise dans un fauteuil en osier sous la pergola, face à la grande table en pierre, la grand-mère assistait à la pesée et notait les chiffres dans un cahier. À côté d'elle se tenait la tante Pia.

Les fermiers allaient et venaient, hommes, femmes, adolescents, avec des tines et des paniers. Ils pesaient puis versaient les grappes tantôt dans une grande cuve à la droite de la grand-mère, sur le plancher d'une charrette, tantôt dans une autre de la même taille, située à sa gauche sur une autre voiture. Les femmes et les jeunes étaient pieds nus, incrustés de terre (la veille il avait plu, aussi, de crainte que le temps ne tournât à l'orage, on avait décidé de vendanger sans tarder) ; mais parmi les hommes certains portaient des chaussures : enveloppées dans des morceaux de sac liés par des joncs, boueuses, énormes.

Bien que le soleil eût séché les vignes, des perles d'eau brillaient encore sur certaines grappes, et c'est sur elles que Paolo se penchait pour picorer quelques grains avant que les tines ne fussent versées dans les cuves.

(Sa grand-mère lui avait défendu de gambader dans les champs à cause de l'humidité.)

Les fermiers allaient et venaient, suivis par Suomi qui sautillait sur trois pattes, joyeux et haletant – c'est d'ailleurs ce jour-là qu'il perdit l'atèle de sa patte cassée. Quand il était loin dans les champs, on entendait ses jappements. Et on entendait aussi, ici et là, les voix des soldats. C'était Crippa qu'ils appelaient. Ils se moquaient de lui, comme toujours.

« Crippa, tu fais pitié ! »

Sans doute pour les fuir, Crippa se mit lui aussi à faire des allers-retours entre les vignes et la demeure, une tine sur le dos. Et cela n'étonnait personne : il ne faisait qu'un avec les paysans, c'était un paysan.

« Bravo Crippa ! lui souriait la grand-mère, vous êtes le meilleur de tous. »

Puis, un peu partout dans la campagne, des voix s'élevèrent. Les soldats chantaient.

Que c'est beau de faire l'amou…ou…r
Qui l'ignore a le cœur sou…ou…rd…

Une voix mélodieuse et aiguë arrivait de la vigne la plus éloignée, là-haut sur la colline.

« Couturiers de malheur ! bougonnait Crippa, posant la tine au sol et essuyant son front en sueur du dos de la main. Ils ont faim ! »

Roses, œillets et puis quoi ?
Quel bouquet, quel bouquet
Quel bouquet faut-il pour toi ?

répondait une autre voix du côté opposé, en bas vers la prairie, dès que la première s'était tue.

Suivaient des plaisanteries et des éclats de rire.

Soudain, en haut, derrière le petit bois, une voix étrange s'éleva, que Paolo n'avait jamais entendue ; une voix un peu stridente, chargée :

Le bagne, la prison

Elle chantait en aspirant, à la façon des Toscans

Ça m'fout les j'tons
Moi j'y vais pas !

Paolo frissonna. Cette voix désagréable et tranchante réveilla en lui une horde de peurs et d'angoisses.

Un grand silence tomba sur toute la campagne, on n'entendit même plus les chiens ; la grand-mère resta figée au-dessus de son cahier, une ride sur le front, le crayon en l'air ; puis, dans ce silence, une autre voix, forte, pleine, hardie se leva :

Le cachot la prison
Ça lui fout les j'tons
Lupo n'y va pas !

Cependant que Momi se secouait (il était resté pétrifié sous la pergola, la tine sur le dos) et montait sur une des charrettes pour verser le raisin dans la cuve sans l'avoir pesé, la première voix se fit à nouveau entendre, plus stridente et désagréable encore :

Le cachot la prison

Elle imitait, mieux qu'avant, l'intonation de Frangisacchi.

Ça m'fout les j'tons
Moi j'y irai pas !

Une fraction de seconde plus tard, partout dans la campagne, tous les soldats (il y en avait tellement !) se mirent à chanter en chœur, à gorge déployée, avec une ardeur étrange comme en signe de défi :

Le cachot la prison
Ça lui fout les j'tons
Lupo n'ira pas !

Ils se turent d'un coup ; cette fois, aucune autre voix, aucune autre plaisanterie ne s'éleva. On entendit seulement un écho lointain : « Pa…a…as ! » qui finit par s'éteindre dans l'air.

« Quelle horrible histoire ! » s'exclama la grand-mère, brisant le silence la première, tandis que Crippa réapparaissait, courbé sous sa tine pleine à craquer. Puis, les yeux scintillants et indignés, le visage congestionné : « Je ne comprends pas ! cria-t-elle en fixant Crippa comme s'il était responsable de tout. Si c'était vraiment la faute de ce Frangisacchi, pourquoi ne l'a-t-on pas arrêté tout de suite ? Comment a-t-on pu le laisser s'échapper ? Et si c'était la faute de Piveroni… Oh ! fit-elle sèchement. Quelle horrible histoire ! » Et elle secoua la tête avec dégoût.

« Allons, Emma ! murmura la tante Pia, presque suppliante. On ne sait pas. Peut-être que c'est la faute de personne. On ne peut pas savoir.

– Comment ça, la faute de personne ? dit la grand-mère en dressant la tête. Ils étaient deux dans le camion.

– Piveroni, dans cette histoire, grommela Crippa en remontant son pantalon, si je peux donner mon avis, c'est comme un canasson dans une porcherie.

– Eh bien ! cria la grand-mère comme il s'éloignait déjà avec la tine vide. En voilà des façons de parler ! Et elle redevint toute rouge.

– Je dis, s'exclama Crippa en se retournant – on voyait à peine sa figure gonflée derrière la tine qu'il avait replacée sur ses épaules, que saint Piveroni n'est pas plus coupable que cette pierre », et il donna un coup de pied dans un caillou. Puis, quand il eut rejoint le virage derrière l'écurie, on l'entendit murmurer : « Ce soir-là, il était même pas dans le camion !

– Et où il était, Piveroni, s'il n'était pas dans le camion avec Lupo ? » demanda à Crippa Lucia l'ancienne – qui se relayait aux cuves avec sa belle-sœur Ersilia et Lucia la jeune – quand il fut de retour avec la tine pleine.

Crippa regarda autour de lui, grommela quelque chose les yeux rivés à terre, et jeta à nouveau un œil alentour ; puis, entre ses dents, un souffle passa :

« Il était avec Nerina.

– Avec Nerina ?

– Avec Nerina. Et si saint Antoine l'avait pas aidé, Lupo le crevait aussi. Il était avec Nerina parce qu'elle lui plaisait et qu'il lui plaisait, et ça Lupo pouvait pas l'avaler : "Quitte-la, je te dis, qu'il lui répétait, ou je vous tue, parole de Lupo. Le sang de cette jolie caille, c'est moi qui dois le faire gicler !" »

La tante Pia se couvrit les yeux ; la grand-mère, à nouveau sur le point de s'indigner, fit un geste comme pour dire : « Ça suffit, ça suffit ! »

Et c'est ce qu'il avait fait, cet assassin de Lupo. Il n'avait pas réussi (parce que saint Piveroni veillait sur Nerina) à l'emmener dans sa « boucherie privée » pour lui passer dessus comme aux autres, et ça avait été encore pire. Il avait fait une vraie boucherie, par tous les saints, en bas sur le pont. Et Piveroni était devenu fou, ce jour-là et même après, et il avait toujours peur. Il avait peur de Lupo, plus peur de Lupo que de la prison : c'est pour ça qu'au trou il était prêt à y rester, comme si Nerina c'était lui qui l'avait tuée.

Crippa continua à parler à sa manière à lui, que l'on comprenait à moitié.

« Allons, allons ! » avait tenté de l'interrompre la grand-mère en donnant des coups d'éventail sur la table en pierre ; mais elle ne dit plus rien, bien qu'elle fût encore indignée et bouleversée.

« La boucherie privée » de Lupo ? poursuivait Crippa, tout le monde savait ce que c'était. Qui ne l'avait jamais vu, le matelas qu'il gardait dans son camion ? C'est dans le camion qu'il les emmenait, entre deux courses, sous la bâche. « Moi c'est des poulettes que je veux, qu'il disait, des poulettes et pas des poules. Ce soir je vais tordre le cou à une poulette. Et il allumait le moteur. Tu préfères l'aile ou la cuisse ? Moi, je prends toujours les cuisses, mais de poulette. » Et il riait. Lupo, Lupo !

Quand Crippa s'en alla, les femmes qui s'étaient rassemblées autour de lui pour l'écouter (Lucia l'ancienne, Ersilia, Lucia la jeune) se mirent à chahuter malgré la présence de la grand-mère.

« Le cachot la prison – lui fout les j'tons – Lupo n'y va pas ! » Cette chanson à la fois gaie et inquiétante, Paolo l'entendait résonner en lui. Frangisacchi avait-il eu tort de s'enfuir, de se cacher, de se réfugier en Croatie ? Des années plus tôt, avant la guerre, on avait vu un jour deux hommes arriver en courant du pont vers le domaine, puis sur la grande allée. Le premier avait la tête rasée et portait un étrange costume à rayures grises et bleues ; le deuxième, qui le suivait, était vêtu de jaune. « C'est un condamné. Il s'est enfui de la maison d'arrêt et un gendarme le poursuit », avait-il entendu. Mais ce qu'il avait entendu crier peu après l'impressionna plus encore : « Que personne ne l'arrête ! Ouvrez-lui tous les chemins. Et que personne n'aide le gendarme. Ordre du maître ! » Toutefois, on n'avait pas pu ouvrir à temps le portillon qui de la terrasse, fermée au fond par le mur d'enceinte, donnait sur le sentier de la colline. Arrivé là, le condamné s'était retrouvé pris au piège. Le gendarme s'était jeté sur lui et l'avait menotté après quelques bonds autour d'un espalier de thuyas, si bien qu'on aurait juré, par moments, qu'ils jouaient à cache-cache : ils couraient tous deux dans la même direction, séparés par l'espalier ; arrivés au fond, leurs têtes s'entrechoquaient presque, l'homme à rayures faisait demi-tour pour courir en sens inverse et l'autre faisait pareil ; une fois à l'autre bout, on aurait dit qu'ils se cognaient encore, l'homme en jaune levait les bras pour attraper l'autre, mais celui-ci lui échappait et remontait le long de l'espalier.

Plus tard, à table, Paolo avait écouté son grand-père. Et il n'oublia jamais ses paroles. « Un homme qui tente de se mettre à l'abri ou de recouvrer la liberté, quel que soit ce qu'il a commis, c'est *humain.* Par contre, aider les gendarmes à le capturer, c'est *inhumain.* » Alors pour Frangisacchi aussi, c'était humain d'avoir fui ? Oui, pensa Paolo ; mais il se ravisa aussitôt : non, non, parce qu'en s'échappant, Frangisacchi avait jeté Piveroni en prison, et Piveroni avait failli y rester alors qu'il n'était pas coupable.

« Vous vous rappelez la fois où le camion a dérapé et qu'il a fini dans le fossé sous le portail, et que Lupo voulait étrangler Piveroni tellement il était furieux ? » entendait-on crier dans le groupe des femmes, près des cuves et, irrité par ce vacarme, Suomi qui faisait les aller-retour avec les fermiers s'élança contre elles en aboyant. « On comprend tout, maintenant, disait Ersilia : Piveroni a fait exprès de jeter le camion dans le fossé, il a risqué sa peau pour que Lupo ne puisse pas emporter Nerina dans son camion ce soir-là.

– Vous êtes un peu lentes à comprendre ! riait Momi en vidant sa tine. Tommasone l'avait bien dit que Piveroni était fou, et que ce jour-là il avait failli crever et le crever aussi, puisqu'ils étaient ensemble, tout ça pour démolir le camion de Frangisacchi !

– Qu'est-ce que tu racontes ? criait Lucia la jeune. Nerina avait rendez-vous avec Frangisacchi ce soir-là ? Mais elle n'allait pas avec tout le monde, Nerina, c'était une gosse ! Et puis paraît-il que c'était Piveroni qui lui plaisait…

– C'est vrai, elle fréquentait Piveroni, dit Ersilia, moi aussi je les ai vus. Mais Lupo voulait la lui souffler. »

On interrogea Crippa, qui revenait.

« Frangi il est beau, mais Pivero c'est un sacré malin, dit-il en imitant la voix de Lorusso.

– Et toi, tu n'es qu'un vilain singe à parler toujours brouillé.

– Le gros entortille toujours le maigre, fit Crippa en s'éloignant.

– Eh quoi, vous n'avez pas compris ? C'est Piveroni qui l'a soufflée à Lupo.

– C'est Lupo qui avait repéré Nerina. Mais Piveroni a pris les devants et la lui a soufflée », expliqua une voix.

Piveroni, si grassouillet qu'on eût dit une grenouille, l'avait soufflée à Lupo, qui au fond était une vipère, ça oui, mais qui à le regarder était ce qu'on appelle un homme ? Lucia l'ancienne n'arrivait pas à le croire et elle en discutait avec sa fille. (« Et là-bas, vous ! cria la grand-mère, faites attention au poids ! Qui s'occupe de la balance ? ») Selon Lucia l'ancienne, ce devait être tout le contraire : c'était Piveroni qui avait repéré Nerina, et ils s'étaient un peu fréquentés ; mais dès que Nerina avait fait la connaissance de Lupo, elle n'avait plus fréquenté que lui, et l'autre crevait de jalousie.

« Mais pas du tout ! répliquait Lucia la jeune. Nerina, après être allée quelquefois avec cet échalas de Lupo, elle a fini par préférer l'autre, le petit ventre, la grenouille, Piveroni aux jambes courtes, parce que lui, au moins, il avait du cœur et savait lui parler. Et c'est Lupo qui est devenu vert de voir que c'était Piveroni, son larbin, qui la lui avait piquée ; et celui qui a vu rouge, au point de plus rien voir du tout, c'est Lupo, avec son esprit tordu : lui qui voulait toujours avoir le dessus et cracher à la figure de tout le monde. »

XXIV

Crippa réapparut et fut de nouveau assailli.

Il se renfrogna, fixant au sol les grappes et les raisins écrasés ; puis on entendit sa voix :

« Ils étaient deux, et à l'un des deux elle avait dit non. On est d'accord ?

– D'accord.

– Bon, mais lequel des deux a… ? demanda-t-on dans l'assemblée.

– Il a pas supporté ce "non", continua Crippa, l'homme qui s'est vengé. Et qui s'est vengé, misère de misère ? Cette enfant qui avait rendez-vous avec Pivero et venait faire l'amour dans la campagne, c'est Lupo qui l'a écrasée… »

D'ailleurs, Lupo, ce salaud d'assassin, avait menacé Piveroni le matin même. « Prends garde, j'espère que tu t'es pas mis en tête de l'emmener dans la campagne : avant que tu soulèves sa jupe, je veux être le premier à lui passer dessus ! » Voilà ce qu'il avait crié à Piveroni, et pire encore.

Et Lupo lui était passé dessus ; pas comme on dit qu'on fait avec les filles (Crippa baissa les yeux), mais en lui roulant dessus. « Sous les roues du camion, que Dieu nous pardonne à tous ! »

Comme Piveroni et Nerina venaient à Semedella – racontait Crippa – Frangisacchi les avait frôlés, trois, quatre fois avec le camion, à deux doigts de les percuter, soit par-derrière, soit par-devant. Mais ça n'était pas si différent de d'habitude. Piveroni le savait, c'était de cette façon que Frangisacchi faisait sa cour en camion. Les filles hurlaient puis riaient, ils faisaient connaissance, il invitait celles qui lui plaisaient à monter dans le camion pour faire une virée et le lendemain soir pareil, jusqu'à ce qu'il les emmène sous la bâche, sur le matelas. Il avait plusieurs fois frôlé Nerina qui se promenait avec Piveroni, jusque-là rien de nouveau. Eh non : cette fois, c'était différent. C'était autre chose, et Piveroni (qui tout l'été avait fait l'entremetteur, conduisant le camion pendant que l'autre faisait sa boucherie là-derrière, sous la bâche), ce fichu Piveroni n'avait pas su le comprendre. Il n'avait rien compris, même quand le camion les avait frôlés furieusement, bizarrement, et que Lupo leur avait hurlé pour la dernière fois de ne pas se risquer à passer le pont.

« Ce qui est arrivé ensuite, Dieu seul sait comment ça s'est passé. Accident ? Le mal est toujours un accident, inutile de faire des discours là-dessus. » Mais Piveroni, qui s'était sauvé par miracle (tu parles d'un miracle : elles avaient une sacrée détente, ses jambes courtes !), Piveroni qui avait bondi sur le côté (qui sait, peut-être qu'en sautant, il avait poussé Nerina sous les roues), Piveroni avait dû se rappeler enfin, les cheveux dressés sur la tête, ce que Lupo lui avait crié un peu plus tôt : « Arrêtez-vous, sinon je t'aplatis et tu seras plus qu'un crachat sur la route ! »

Il y eut une longue pause. Paolo vit les lèvres de tante Pia – dont le visage semblait assombri par un nuage – remuer vivement tandis que ses doigts pianotaient sur le rosaire.

« Que Piveroni était sur le pont avec Nerina ce soir-là, intervint la grand-mère, et pas dans le camion avec Frangisacchi, c'est la première fois qu'on l'entend. Reste à savoir si c'est vrai. Hein, Crippa ? » Et elle le fixa avec sévérité. « Pourquoi Piveroni ne l'a jamais raconté ? Il est resté plusieurs jours ici dans la remise avant qu'on l'arrête, et personne ne l'a entendu dire ce genre de chose. Pourtant, ça aurait suffi à le disculper.

– Tommasone et Lorusso, grommela Crippa.

– Quoi ?

– Tommasone et Lorusso, ce sont eux qui lui ont cloué le bec.

– Pour quelle raison ?

– Ils avaient leurs raisons. Boucher et mouchard sont toujours de mèche. »

C'étaient eux, disait Crippa, qui racontaient tout à Lupo sur Piveroni et Nerina. « Hier soir ils se sont embrassés, aujourd'hui ils ont rendez-vous à tel endroit, demain il l'emmène à la campagne ». Et ils savaient tout, parce que Pivero se confiait à eux, il les croyait des amis.

« S'il n'y avait pas eu ces Judas pour attiser les flammes de son corps, aujourd'hui Nerina serait vivante, aussi vivante que nous. "Ne te laisse pas doubler", qu'ils lui disaient, à Lupo. Tous les jours ils le lui répétaient. "Ne te laisse pas doubler." Et même ce soir-là, sur le pont…

– Ce soir-là sur le pont ? Mais où ils étaient ? Avec Lupo ? demanda Lucia la jeune à Crippa.

– Oui. Ils étaient dans le camion avec Lupo. "Il t'a doublé, il t'a doublé !", qu'ils lui criaient. Jusqu'à ce que Lupo perde la tête ; et pour ce genre de choses, il lui en fallait peu, à Lupo.

– Mais qui prouve qu'ils ont cloué le bec à Piveroni ?

– "Arrange-toi comme tu peux", qu'ils lui disaient après l'accident. "Débrouille-toi. Tu sais ce que tu ne dois pas dire. Si un seul mot t'échappe…" Et ils le menaçaient : "En plus de Lupo, on sera deux à témoigner contre toi, et en prison, c'est toi qui iras." Voilà ce qu'ils lui disaient.

– Personne d'autre n'a vu la scène ? Quelqu'un qui aurait pu témoigner ?

– Si, il y avait quelqu'un. Quelqu'un qui ferait rater le paradis à saint Antoine : De Martino y était, le caporal Votre-majesté-restez-à-l'arrière, celui qui nous a fait devenir chèvres. Il était sur le pont ce soir-là. C'est le seul. Mais Lupo avait cloué le bec à De Martino. La nuit, il sortait de la petite maison bleue où il dormait avec Draga et il lui disait : “Si tu bronches, je te coupe les couilles.” »

Crippa s’ébranla et repartit dans les vignes.

« Drôle d’idiot ! » s’exclamaient les femmes en le regardant partir. « Si lui est idiot, on est toutes plus idiotes que lui. » Puis elles se dispersèrent et il ne resta plus que Lucia la jeune pour peser les tines.

Lupo dormait dans la petite maison bleue, se répétait Paolo, abasourdi.

Avec l’avancée de la matinée, les voix des vendangeurs s’élevaient, mêlées aux aboiements des chiens : le jappement impétueux de Suomi, tantôt proche, tantôt lointain, et celui, un peu inquiet, d’Eros.

Mais pourquoi, pourquoi
Me refuses-tu ce baiser ?

On entendait toujours la même voix aiguë, du côté du puits.

Et voilà qu’une autre voix, contrefaite pour l’imiter, lui répondait de la colline ; une voix rauque et un peu fausse :

Mon amour si tu m’aimes
Laisse-moi t’embrasser
Laisse-moi t’embrasser.

C’était Momi ; comme il faisait rire, son bourdonnement de gros scarabée, après les inflexions aiguës et mélodieuses des soldats !

« Crippa ! » entendait-on encore ici et là. Et des plaisanteries fusaient, que Paolo ne comprenait pas toujours.

Et voilà que Crippa, le plus vaillant de tous, était déjà de retour avec sa tine.

« Et de l’autre Toscan, de l’*ardito*, on a eu des nouvelles ? lui demanda la grand-mère. Est-il vraiment allé à Fiume ?

– Disparu. Dieu seul sait où. C’était mon ami, Borsa,

et un ami… Crippa regarda à terre. On n'aime pas le traiter de lâche.

– Borsa n'est pas lâche, il est courageux ! » bondit Paolo. Il avait senti, brusquement, le feu lui monter aux joues. « Il est reparti faire la guerre, il est courageux ! hurla-t-il encore.

– Il a du cran, oui, avec les hommes. Et la guerre se fait avec les hommes, répliqua Crippa tandis que la grand-mère faisait signe à Paolo de se taire. Mais il est lâche avec les femmes, Borsa.

– Qui te l'a dit !? Dora… ? » Paolo n'arrivait toujours pas à se maîtriser.

Il était dans une colère noire.

C'est sûrement à cause des autres, pensait-il, si je redeviens méchant. Méchant comme l'an dernier et même encore plus, beaucoup plus. C'est peut-être aussi la faute à Crippa.

« Qui te l'a dit ? hurla-t-il. Dora ? Cette sale teigne… »

Crippa ne fit pas attention à lui.

« La Slave du buffet de la gare, la veuve en bas, qui attend un enfant – bourdonna-t-il – c'est lui qui l'a mise enceinte. Puis il s'est fait la malle, tout d'un coup, il s'est souvenu de la patrie, Borsa, et il a filé à Fiume ; du moins c'est ce qu'on dit…

– Mais vous, Crippa, comment se fait-il que vous sachiez toutes ces choses, lui demanda la tante Pia. Passons sur l'histoire de ce Borsarelli, mais toute cette histoire du camion, de l'accident, qu'on ignorait tous…

– Un peu aujourd'hui, un peu plus demain, grogna Crippa. Crippa écoute, regarde et apprend. J'étais chez les couturiers après la nuit de l'incendie. Eux, ils en savaient long sur Lupo et sur tout ; ils en savaient plus que le curé. Mais ils avaient peur de Lupo, qui n'avait pas la trouille de Lupo ? Et ils le craignent encore. Pour leur tirer quelque chose, à ceux-là, il faut surtout rien leur demander. Mais Crippa se tait et Crippa sait.

– Alors voyons ce que tu sais d'autre, dit Lucia la jeune, dressant la tête au-dessus de la balance, les yeux noirs, ardents. Dis-nous : c'était quel genre de type, le petit... comment s'appelait-il ? Anielluccio.

– Laisse tomber ! répondit Crippa, sombre, en lui tournant le dos, parce qu'il ne voulait pas que les jeunes femmes, surtout celles qui étaient belles (et Lucia était belle, les yeux toujours brillants), le regardent en face.

– Quoi ? rit Lucia avec de petits hoquets. "Crippa écoute, Crippa regarde et Crippa apprend", fit-elle en imitant sa voix. Allez, dis-nous !

– Laisse tomber ! répéta Crippa, encore plus sombre ; et à le voir ainsi, le dos tourné, raide et immobile sous la pergola, on aurait dit un bœuf s'entêtant à ignorer l'aiguillon.

– Tu veux que ça soit moi qui le dise ?

– Tais-toi ! » Crippa lui lança un regard torve et fixa à nouveau le sol. Puis il leva les yeux vers la grand-mère et la tante Pia : « Anielluccio ne respectait pas l'innocence », bougonna-t-il très vite avant de repartir avec sa tine.

– Quoi ? Qu'est-ce qu'il a dit ? s'inquiéta la grand-mère, le visage crispé, et son regard courut vers Lucia.

– Crippa l'a surpris en bas à la tourelle, ce porc, expliqua Lucia quand Crippa se fut éloigné, allongé sous un arbre avec un paquet de bonbons, et tout en haut de l'arbre, il y avait la petite...

– Norma ? se raidit la grand-mère, le visage en feu.

– Oui, Norma.

– Et... »

Elle regardait Lucia, le souffle coupé et les yeux étincelants. Pourquoi ? se demandait Paolo, regardant tour à tour l'aïeule et Lucia, pourquoi grand-mère est-elle si furieuse ? Qu'est-ce qui s'est passé à la tourelle, qu'est-ce qu'il a fait, Anielluccio ? Mais il n'osa souffler mot.

« Anielluccio, dit Lucia en réponse au regard de l'aïeule, l'avait envoyée là-haut pour la regarder... »

La grand-mère n'en demanda pas davantage ; mais dans le silence qui suivit, Paolo la vit bouleversée.

Les fermiers allaient et venaient, portant, pesant, versant le raisin dans les cuves, déjà plusieurs fois remplacées (avec sa charrette et son âne, Momi transportait celles qui étaient pleines vers les caves), et pendant un certain temps, sous la pergola, plus personne n'interrogea Crippa. Lucia, qui posait et ôtait les poids et indiquait au fur et à mesure dans quel cuvier la tine devait être versée, plaisantait maintenant avec les jeunes.

Seule tante Pia demanda à Crippa, plus tard, ce qu'il pensait de cet homme brun et silencieux qui ne s'éloignait jamais de la maison. « Vous vous souvenez de lui ?

– Oui. La Lumia.

– Lui, au moins, devait être quelqu'un de sérieux, ça se voyait.

– Lui, c'était un voleur, dit Crippa sans hésitation. Il était accroché à la remise comme la tique sur le dos d'un chien, de crainte qu'on lui vole ce qu'il avait déjà volé. » Et sur La Lumia, que personne n'était parvenu à cerner, on ne put obtenir rien d'autre.

La grand-mère s'empourpra à nouveau.

« Mais alors, c'étaient tous des scélérats !

– Des scélérats, non, fit Crippa en haussant les épaules avec une grimace. Des hommes, c'est tout.

– Et Battiston ? cria Lucia. Lui c'était un gentleman, tu ne peux pas dire le contraire !

– Battiston ? répondit Crippa en repartant. Battiston est vénitien.

– Qu'est-ce que ça veut dire ?

– Ce que j'ai dit : il est vénitien. »

Personne ne réussit à en savoir davantage. « Battiston est vénitien », répétait-il. Et il avait l'impression d'avoir tout dit.

Derrière l'étendue d'eau, le campanile de la cathédrale fit résonner les douze coups de midi. La grand-mère se leva pour se reposer un peu à l'intérieur de la maison, laissant le cahier à la tante Pia.

Une fois debout sous la pergola, elle se retrouva face à Crippa qui revenait avec sa tine ; juste à ce moment-là, une voix s'éleva dans la colline :

« Hé, Crippa, c'est la fille du facteur ! » Et l'on entendit, de tous les côtés, un chœur de pets.

Crippa posa la tine à terre, regarda la grand-mère et la tante Pia de ses grands yeux bleus qui se dilataient toujours plus. Il continua à les regarder, tandis qu'un peu partout dans les champs le vacarme s'installait ; puis il dit :

« Je sais que ce n'est pas ma fille. Mais je suis piémontais et je suis socialiste. » Il reprit sa tine, monta sur la charrette que Lucia lui désignait et versa le raisin dans le cuvier.

Venise, 1950-1951.

Achevé d'imprimer en avril 2023
sur les presses de l'imprimerie Corlet
à Condé-en-Normandie

Imprimé en France

N° d'impression : 23030741

Dépôt légal : mai 2022